BESTSELLER

Alberto Vázquez-Figueroa (1936). Nació en Santa Cruz de Tenerife. Antes de cumplir un año, su familia fue deportada por motivos políticos a África, donde permaneció entre Marruecos y el Sáhara hasta cumplir los dieciséis. A los veinte años se convirtió en profesor de submarinismo a bordo del buque-escuela *Cruz del Sur*. Cursó estudios de periodismo, y en 1962 comenzó a trabajar como enviado especial de *Destino*, *La Vanguardia* y posteriormente de Televisión Española. Durante quince años visitó casi un centenar de países y fue testigo de numerosos acontecimientos clave de nuestro tiempo, entre ellos las guerras y revoluciones de Guinea, Chad, Congo, República Dominicana, Bolivia, Guatemala... Las secuelas de un grave accidente de inmersión le obligaron a abandonar sus actividades como enviado especial. Tras dedicarse una temporada a la dirección cinematográfica, se centró por entero en la creación literaria. Ha publicado más de cuarenta libros, entre los que cabe mencionar: *Tuareg*, *Ébano*, *Manaos*, *Océano*, *Yáiza*, *Maradentro*, *Viracocha*, *La iguana*, *Nuevos dioses*, *Bora Bora*, la serie *Cienfuegos*, la obra de teatro *La taberna de los Cuatro Vientos*, *La ordalía del veneno*, *El agua prometida* y *Alí en el país de las maravillas*. Recientemente ha publicado *El león invisible* directamente en formato bolsillo. Nueve de sus novelas han sido adaptadas al cine. Alberto Vázquez-Figueroa es uno de los autores españoles contemporáneos más leídos en el mundo.

Biblioteca
ALBERTO VÁZQUEZ-FIGUEROA

Ali en el país de las maravillas

DEBOLSILLO

Diseño de la portada: Departamento de diseño de Random House Mondadori
Fotografía de la portada: Sáhara, Argelia: © Frans Lemmens/ The Image Bank. Las Vegas, EE.UU.: © Vladimir Pcholkin/Taxi

Primera edición en DeBOLS!LLO: febrero, 2005

© 2003, Alberto Vázquez Figueroa
© 2003, Random House Mondadori, S. A.
  Travessera de Gràcia, 47-49. 08021 Barcelona

Quedan rigurosamente prohibidas, sin la autorización escrita de los titulares del «Copyright», bajo las sanciones establecidas en las leyes, la reproducción parcial o total de esta obra por cualquier medio o procedimiento, comprendidos la reprografía y el tratamiento informático, y la distribución de ejemplares de ella mediante alquiler o préstamo públicos.

Printed in Spain – Impreso en España

ISBN: 84-9793-547-0 (vol. 69/50)
Depósito legal: B. 1.738 - 2005

Fotocomposición: Lozano Faisano, S. L. (L'Hospitalet)

Impreso en Liberdúplex, S. L.
Constitució, 19. Barcelona

P 835470

Nada en cuanto alcanzaba la vista.

Arena y piedras.

Sucios matojos y de tanto en tanto, como señales que pretendieran marcar el camino, alguna que otra acacia esquelética, tan idéntica a otras muchas esqueléticas acacias que en realidad era más lo que confundían al viajero que lo que ayudaban a encontrar el rumbo.

Y así hora tras hora.

Sol y polvo.

Ni tan siquiera la arena, en exceso pesada, conseguía elevarse a más de un metro del suelo y ese polvo demasiado blanco, como harina recién cernida, se adueñaba del mundo, cubría las acacias y matojos, e incluso cubría los descarnados cadáveres de las bestias que habían muerto de sed en mitad de la desolación más espantosa.

El vehículo avanzaba como entre sueños o tal vez, nadie podría saberlo con exactitud, más bien retrocedía.

Llevaba días vagando de aquí para allá y sus ocupantes tenían plena conciencia de que lo único diferente que habían conseguido descubrir en aquel tiempo eran sus propias huellas cuando en sus infinitos giros volvían a tropezar con ellas.

Decidieron continuar siempre hacia el norte, y a punto estuvieron de precipitarse al fondo de un barranco que cruzaba la llanura como si se tratara de la incisión de un hábil forense que hubiera abierto en canal un cadáver ya frío.

Torcieron hacia el oeste y escarpadas montañas de granito rojo les cortaron el paso.

Regresaron para encontrar una vez más sus propias rodadas.

Al fin, Salam-Salam, el animoso «guía», que hasta aquellos momentos no había dado muestras de una especial habilidad para guiar a nadie, pero que al parecer jamás perdía las esperanzas de llegar a buen puerto, sonrió de oreja a oreja para exclamar alborozado:

—¡Estamos perdidos!

El minúsculo hombrecillo que conducía el vehículo lanzó un sonoro reniego y a punto estuvo de darle un sopapo.

—¡La madre que te trajo al mundo...! —exclamó casi masticando las palabras—. ¿Estamos perdidos y eso te alegra?

—¡En absoluto! —fue la sincera respuesta no exenta de una cierta lógica—. Pero al menos sabemos algo que antes no sabíamos: estamos perdidos. —Sonrió de nuevo con desconcertante inocencia al señalar—: Ahora de lo que se trata, es de encontrar el camino de regreso.

El gigantón que ocupaba casi por completo el asiento posterior, y que respondía al sonoro nombre de Nick Montana, se secó el sudor que le caía a chorros por la frente al tiempo que negaba convencido.

—¡De eso nada! —dijo—. No nos iremos de aquí sin él.

El guía indígena ni siquiera se molestó en volverse al tiempo que preguntaba:

—¿Tan importante es?

—¡Tanto!

Salam-Salam, para quien tan incómodo viaje constituía sin duda una estúpida pérdida de tiempo, se limpió los mocos con el pico del turbante, sonrió de nuevo y se limitó a replicar al tiempo que se encogía de hombros:

—En ese caso seguiremos buscando hasta que nos hagamos viejos. Para eso me pagan.

—Si no lo encontramos te va a pagar tu abuela —puntualizó el casi esquelético Marlon Kowalsky deteniéndose el tiempo justo de encender un cigarrillo.

—Mi abuela murió hace años.

—Más a mi favor. Y ahora decídete de una puñetera vez y procura acertar... ¿Hacia dónde?

El nativo dudó un largo rato, se rascó la espesa pelambrera que le asomaba bajo el sucio turbante y al fin replicó:

—Si vinimos del sur, y ya hemos ido hacia el norte y hacia el oeste sin obtener el más mínimo resultado, digo yo que tan sólo nos queda dirigirnos hacia el este.

—¡Astuto, vive Dios! —bufó su interlocutor a punto de perder la paciencia—. ¡Tremendamente astuto! —insistió irónicamente—. ¿Cómo no se me habría ocurrido antes?

—Porque para algo soy el guía.

Como respuesta tan sólo obtuvo una larga mirada de desprecio, pero poco más tarde, y cuando habían hecho una corta parada con el ineludible propósito de dar rienda suelta a sus necesidades biológicas, Salam-Salam, que se encontraba tranquilamente acuclillado tras un matojo, dio muestras de su innegable talante optimista al señalar un pequeño grupo de bolitas negras que se extendían a lo largo de unos veinte metros hasta la siguiente acacia y exclamar alborozado:

—¡Cagarrutas!

Sus dos acompañantes se aproximaron de inmediato para observarlas con gesto de innegable perplejidad.

—¡De acuerdo! —admitió con su habitual acritud Marlon Kowalsky—. ¡Cagarrutas! ¿Qué tienen de particular?

—Que son de cabra.

—¡Estupendo! —fingió alborozarse el cada vez más sudoroso y enrojecido Nick Montana—. Hemos necesitado cuatro días de vagar por el desierto para hacer el maravilloso hallazgo de una veintena de cagarrutas de cabra. ¡Ya somos ricos!

—No —le replicó con absoluta seriedad el guía nativo—. No somos ricos, pero si existen cagarrutas de cabra quiere decir que por aquí han pasado cabras... —Abrió las manos en un gesto que pretendía reflejar la perfecta lógica de su razonamiento al tiempo que concluía mostrando de nuevo su animosa sonrisa—. Y donde hay cabras hay cabreros.

—En eso puede que tenga razón —admitió casi a su pesar Marlon Kowalsky al tiempo que estudiaba con más detenimiento las negras bolitas—. Son de cabra, y en este desierto una cabra significa tanto como el letrero luminoso de un motel en el desierto de Arizona; un signo de que la «civilización» no anda muy lejos.

—A no ser que se trate de cabras salvajes —le hizo notar su no muy convencido compañero.

—Aquí no hay cabras salvajes —replicó casi de inmediato el guía nativo—. La gente es demasiado pobre como para permitir que una cabra ande correteando por ahí. Cada cabra tiene su dueño.

—¡De acuerdo entonces! —aceptó el otro sin el más mínimo entusiasmo—. Busquemos a su dueño.

Pero no resultaba empresa fácil seguir el rastro de las escurridizas bestias a través de aquella naturaleza hostil y descarnada, puesto que si bien sobre la arena se distinguían de tanto en tanto y con absoluta nitidez las huellas de sus pezuñas, en cuanto comenzaron a ascender por entre rocosas colinas cuarteadas por el sol la única esperanza se centraba en aguzar la vista en procura de nuevos excrementos.

Al fin, casi tres horas más tarde hicieron su aparición, protegidas de los vientos dominantes por un alto farallón de rocas, tres amplias tiendas de campaña tejidas con pelo de camello, un gran cercado hecho a base de cañas y ramas secas y lo que desde la distancia ofrecía todo el aspecto de ser el brocal de un minúsculo pozo.

Se trataba, en efecto, de un pozo, y en el momento de detener frente a él su vehículo y observar al hombre que permanecía en pie con un viejo fusil en la mano, tanto Nick Montana como Marlon Kowalsky no pudieron por menos que lanzar una exclamación de asombro al tiempo que intercambiaban una larga mirada de satisfacción.

—¡Santo Dios! —admitió el primero—. ¡Era verdad…!

—¡Resulta increíble!

Salam-Salam aparecía más sonriente y feliz que de costumbre, lo cual ya era mucho decir, y una vez más abrió los brazos en aquel ademán que pretendía insinuar que él siempre tenía razón.

—¡Se lo dije! —señaló—. Les prometí que lo encontraría y yo siempre cumplo mis promesas.

El hombre del fusil, que vestía una larga chilaba y se cubría con un oscuro turbante, pareció llegar a la conclusión de que los recién llegados no presentaban un aspecto amenazador, por lo que gritó algo ininteligible para que en la puerta de la mayor de las jaimas hicieran su aparición un encorvado anciano y una tímida muchacha de graciosa figura y rostro casi angelical que observaban a los recién llegados con un innegable aire receloso.

El guía los saludó en un dialecto gutural e incomprensible y de inmediato se volvió a sus compañeros de viaje para aclarar:

—Éstos son Ali Bahar, el mejor cazador de nuestra tribu, su padre Kabul, el hombre más sabio y que más ha viajado de cuantos conozco, y su hija, la hermosa, dulce, hacendosa y virtuosa Talila. Por desgracia no hablan más que el dialecto local.

—¡Estamos buenos! —exclamó de inmediato un horrorizado Nick Montana—. ¿Ni una palabra de inglés?

—Ni siquiera de árabe. Son *khertzan*, y los *khertzan* son nómadas que tienen a gala no hablar más que su propio idioma. Yo constituyo una excepción porque tan sólo soy medio *khertzan*. Mi madre era yemení y cuando se quedó viuda se estableció en Dubai, donde o aprendes inglés o más vale que te tires al mar.

Tras meditar unos instantes Nick Montana afirmó repetidas veces con la cabeza al tiempo que comentaba seguro de sí mismo:

—De todos modos servirá. Dile a Ali Bahar que le pagaremos bien si viene con nosotros.

Salam-Salam repitió la propuesta en el dialecto local, pero pese a su larga disertación tan sólo obtuvo una corta y rotunda negativa, por lo que se volvió a quien le había dado la orden.

—Ali Bahar me comunica que bajo ningún concepto puede abandonar a su anciano padre y su joven hermana, ya que constituye su único sostén y su única defensa.

—Adviértele que tan sólo será por tres o cuatro días y que no le llevaremos muy lejos —señaló en esta ocasión Marlon Kowalsky—. Lo único que pretendemos es estudiar su «gran defecto».

Una nueva consulta y una nueva y pormenorizada explicación, a las que siguió una nueva negativa.

—Ali Bahar argumenta que no le apetece que nadie estudie su defecto... —tradujo pacientemente el intérprete—. Y que basta un día para que los bandidos bajen de las montañas.

—Pero le pagaremos bien.

—Aquí el dinero no sirve de nada.

—¡Vaya por Dios! ¡Qué tipo tan cabezota!

—Desde luego que lo es, pero nos invita a cenar y nos ofrece la mejor de sus jaimas para pasar la noche.

—¡Muy amable! —masculló su interlocutor de mala gana—. Al menos comeremos caliente y por una vez desde que empezó este jodido viaje no dormiremos al raso.

Dos horas más tarde los restos de un cabritillo aparecían sobre los abollados platos de latón, mientras los cinco hombres tomaban tranquilamente el té a la entrada de la mayor de las tiendas de campaña, y la siempre hacendosa Talila concluía de recoger la «mesa».

El sol rozaba apenas la línea del horizonte cuando el

desolado paisaje cobró de improviso una espectacular belleza al tiempo que cientos de aves que habían permanecido ocultas en sus nidos del farallón trazaban intrincadas piruetas en el aire.

Al cabo de un rato el inasequible al desaliento Nick Montana insistió en su oferta.

—Ofréceles cien cabras si Ali viene con nosotros.

La respuesta, en este caso del anciano Kabul al que, a diferencia de su poco comunicativo hijo, le encantaba charlar por los codos con grandes aspavientos mientras no paraba de lanzar humo de su arcaica y renegrida cachimba, no dejaba margen alguno a la esperanza, y el desolado Salam-Salam así lo hizo notar:

—El viejo asegura que cien cabras les llevarían a la ruina —tradujo—. No hay pastos suficientes ni los pozos de la región dan para tanto. En su opinión, con las cuarenta que ahora tienen les basta y les sobra para vivir a su manera y como siempre han vivido.

—¡Si serán cretinos!

—No son cretinos —replicó el otro levemente amoscado—. Son prácticos. Y a Kabul no le apetece que su hijo se vaya porque alega que cuando él era joven estuvo en el ejército, una vez le llevaron a una ciudad, y allí no hay más que pecado y corrupción. Por lo visto le preocupa que su hijo se líe con una golfa a la que no le importe su defecto.

—¡Pero algo habrá que le interese a esta gente! —protestó casi fuera de sí el siempre sudoroso Nick Montana.

—¿Aquí? —se sorprendió el guía—. Lo único que les interesaría sería un buen montón de tabaco de pipa y una esposa para Ali Bahar, ya que la suya murió hace años, pero todas las mujeres de la tribu están al corriente de su defecto y por lo visto ninguna está dispuesta a correr riesgos.

Le interrumpió un zumbido, por lo que aguardó a que Marlon Kowalsky extrajera del bolsillo de su cazadora un sofisticado teléfono móvil para extender una pequeña antena e inquirir:

—¿Sí? Sí, soy yo, Marlon... Sí, lo hemos encontrado y es realmente increíble; mucho mejor de lo que nos habían asegurado. En verdad fantástico, y resultaría tremendamente útil para lo que lo queremos. —Aguardó unos instantes como si temiera lo que iba a decir, pero al fin se decidió a continuar—: Pero se nos presenta un difícil problema: se trata de un miserable pastor de cabras analfabeto que no habla más que su dialecto, y más obstinado que una mula. No quiere salir de aquí ni a tiros.

Escuchó unos momentos, apartó apenas el auricular puesto que resultaba evidente que desde el otro lado le estaban gritando con muy malos modos, y al fin optó por encogerse de hombros con gesto de resignación al tiempo que replicaba en tono de profundo hastío:

—¿Y qué quiere que haga...? ¡Lo veo muy difícil porque por lo visto no hay nada de lo que podamos ofrecerle que le interese!

Mientras hablaba se había vuelto de un modo casi instintivo a mirar directamente a Ali Bahar, un hombre muy alto y muy delgado, serio e impasible como una estatua, con enormes ojos oscuros que lo observaban todo con profunda atención, y que al igual que su padre fumaba con evidente delectación en una vieja, curva y renegrida cachimba que probablemente había tallado él mismo con la raíz de una acacia.

Al concluir su charla, Marlon Kowalsky cerró parsimoniosamente el móvil para volverse a Nick Montana y comentar con acritud y en tono de sincera preocupación:

—Era el jefe... El mismísimo Colillas Morrison en persona. Insiste en que como volvamos a casa sin esta especie de mochuelo nos podemos ir buscando otro empleo puesto que su presencia allí se ha vuelto «esencial para los intereses de la patria».

—Él siempre tan pomposo y grandilocuente, pero ya me explicarás cómo convencemos a este tipo de que se ha vuelto «esencial para los intereses de Estados Unidos» —se lamentó su compañero de fatigas—. ¡Mírale! Parece una esfinge.

—El jefe insiste en que lo raptemos si es necesario. —El hombrecillo se volvió a Salam-Salam para añadir en tono pesimista—: Pregúntale a tu desganado amigo que si hay algo en este jodido mundo que pueda interesarle... ¡Que nos pida lo que quiera!

La charla en el incomprensible dialecto resultó en esta ocasión bastante más larga que de costumbre, aunque el llamado Ali Bahar continuaba expresándose con sus sempiternos monosílabos.

Al fin, el bienintencionado guía se volvió a quienes le habían contratado para tan compleja misión.

—Ali asegura que, exceptuando una nueva esposa, no hay nada que le llame la atención, pero me he dado cuenta de que ha experimentado una profunda curiosidad por su teléfono —dijo—. Nunca ha visto ninguno, y se ha sorprendido mucho cuando le he aclarado que estaba hablando con su país... —Hizo una corta pausa para añadir con manifiesta intención—: Estoy pensando que si consiguiera convencerle de que con un par de estos aparatos podría estar siempre en contacto con su familia aunque se encontrase pastoreando lejos del campamento, tal vez aceptaría venir con nosotros.

Nick Montana se apresuró a negar agitando las manos evidentemente escandalizado:

—¡Eso es imposible! —argumentó seguro de sí mismo—. Estos teléfonos tan sólo podemos utilizarlos nosotros.

—Pues tengo la impresión de que es lo único que le llama la atención y nos permitiría sacarlo de aquí —fue la paciente respuesta del hastiado nativo para el que la fastidiosa negociación parecía haber llegado a un punto muerto y sin salida—. Del resto no hay nada que hacer.

—¡Te repito que busques otra solución! —insistió el gordo—. Estos teléfonos son aparatos de última generación y muy especiales, que se cargan con luz natural, están conectados a una red de satélites de la NASA, van provistos de inhibidor de ondas que bloquea cualquier tipo de emisión en un radio de más de cien yardas, y poseen una increíble potencia, por lo que hay que manejarlos con mucho cuidado o se corre el riesgo de provocar un caos... ¡Rotundamente, no!

A la mañana siguiente, el anciano Kabul parecía el hombre más feliz de este mundo mientras hablaba por teléfono en su peculiar dialecto sin apartarse ni un segundo la pipa de la boca:

—Y ten muy presente, hijo, que yo sé muy bien de lo que hablo, porque he viajado mucho y estuve en la guerra contra los ingleses hace ya más de medio siglo —decía—. No sé qué es lo que esos hombres quieren de ti, ni por qué razón les interesa tanto tu defecto, pero si durante tu estancia en la ciudad encuentras a una mujer que te guste y parezca dispuesta a casarse contigo a pesar de tu defecto asegúrate bien de que es decente y de que pertenece a una familia numerosa...

La joven Talila le interrumpió al tiempo que se llevaba las manos a las orejas girando los dedos, para señalar:

—¡Mis zarcillos!

Tras asentir repetidas veces el anciano, añadió dirigiéndose de nuevo a su hijo:

—Tu hermana me pide que no te olvides traerle los aretes para las orejas que le has prometido. La pobre nunca ha tenido nada y le hacen mucha ilusión, aunque no sé para qué van a servirle si aquí no hay más que cabras... —Tosió varias veces para insistir con machaconería—: Y no te asustes cuando llegues a la ciudad. Hay por lo menos tres mil personas, pero únicamente las mujeres son peligrosas... ¡Búscate una que sea decente!

—¡Pero padre...! —le respondió su hijo que se sentaba a la sombra de un arbusto en mitad de un desierto sobre el que el sol caía casi a plomo—. No voy a estar más que dos o tres días en la ciudad, y por muchas mujeres que haya no creo que ninguna quiera casarse conmigo, sobre todo teniendo en cuenta que, según tú mismo me has contado, allí nadie habla nuestra lengua... ¡Y no te preocupes, esta gente es muy amable y me cuidarán bien! Te llamaré en cuanto lleguemos...

Colgó, lanzó un resoplido y se volvió a Salam-Salam, que en esos momentos se aproximaba con el fin de alcanzarle un vaso de té hirviendo, para comentar:

—Mi padre continúa pensando que aún soy un niño. Reconozco que es un hombre muy sabio y con mucha experiencia, puesto que conoce mucho mundo, pero vive obsesionado con la idea de que le dé un nieto sin tener en cuenta que ninguna mujer me aceptará jamás.

—¿Y tu hermana por qué no se ha casado? —quiso saber el otro con una cierta intención en el tono de voz—. Es muy dulce, muy trabajadora y muy bonita. Cualquier hombre, incluido yo mismo, se sentiría muy feliz de tenerla por esposa y madre de sus hijos.

—No quiere dejarnos solos. También nos considera como a niños... —Ali Bahar sonrió por primera vez como si ello le costara un gran esfuerzo, y de hecho lo era, para concluir—: A los dos.

Bebió lentamente su té y de inmediato hizo un leve gesto de extrañeza para observarlo al trasluz y comentar:

—¡Demasiado fuerte!

El otro bebió del suyo para encogerse de hombros:

—Yo lo encuentro normal —dijo.

Sin embargo, cuando cinco minutos más tarde Ali Bahar dobló súbitamente la cabeza para quedarse tan profundamente dormido que parecía casi muerto, Salam-Salam olisqueó su vaso y se volvió alarmado a Nick Montana para inquirir ásperamente:

—¿Qué ha ocurrido? No sé por qué tengo la impresión de que han puesto algo en el té de Ali Bahar.

—Un somnífero —fue la seca y casi brutal respuesta—. Pero no te preocupes: es totalmente inocuo.

—Nadie me había hablado de somníferos —protestó el nativo—. Eso no figuraba en el trato.

—¡Escúchame bien! —le espetó bruscamente el sudoroso gordinflón—. Aquí no contamos con los medios apropiados para examinar a Ali Bahar tal como necesitamos hacerlo. Él ha aceptado venir porque le dijimos que en tres días estaría de vuelta y en tres días no tenemos tiempo ni para empezar. Pero no te preocupes; te garantizo que no vamos a hacerle el menor daño, aunque nos veamos obligados a llevárnoslo de tal modo que no tenga posibilidad de ofrecer resistencia.

—¡No me gusta! —insistió el otro en un tono cada vez más agrio—. Esto se ha convertido en un secuestro. Ali Bahar confiaba en mí, que jamás he engañado a nadie. Y menos aún a un miembro de mi tribu.

—Te compensaremos por ello.

—Ustedes todo lo arreglan con dinero, y en ocasiones con el dinero no basta. Esto no es lo que acordamos.

—¡Me tiene sin cuidado lo que acordamos! —señaló Nick Montana en tono desabrido—. Tenemos órdenes de llevarnos a este hombre por las buenas o por las malas, y nos lo vamos a llevar te guste o no. Dentro de media hora un avión aterrizará en esa explanada y nos iremos. Si quieres venir con nosotros ganarás más dinero que en toda tu vida y es posible que dentro de un par de semanas estés de vuelta con tu amigo.

—¿Y si no quiero ir?

—Te pagaremos lo convenido y te quedaras aquí...

—Lo cierto es que un poco de razón tiene —intervino Marlon Kowalsky, que hasta ese momento había preferido mantenerse al margen de la discusión—. Ése no fue el trato.

—El trato fue que nos condujera hasta Ali Bahar —replicó su compatriota—. Ni tú ni yo le explicamos qué pensábamos hacer con él ni teníamos por qué contarle nada. Por su parte ha cumplido y le pagaremos lo que nos pida. El resto no le incumbe.

Salam-Salam observó a los dos hombres, agitó negativamente la cabeza y se puso en pie con gesto cansino.

—¡De acuerdo! —dijo—. Veo que están decididos y como me consta que van armados no puedo hacer nada para impedir semejante atropello. Pero como no tengo intención de ser cómplice de un secuestro, me marcho.

Marlon Kowalsky extrajo del bolsillo de su cazadora una abultada cartera para comenzar a contar billetes, pero el *khertzan* lo rechazó con un gesto abiertamente despectivo al tiempo que señalaba:

—No quiero su dinero. No quiero saber nada más de este asunto. Por mí pueden irse al infierno y que Alá les confunda.

Dio media vuelta y se alejó con paso firme, desierto adelante, sin volver ni una sola vez el rostro y seguido por la inquieta y en cierto modo desconcertada mirada de los dos hombres.

Al poco, Marlon Kowalsky señaló meditabundo:

—Este asunto no me gusta nada. Nada de nada. Todo eso de que están en juego los intereses de la nación y se trata de alto secreto me suena a uno de los tantos camelos de Morrison.

—A mí tampoco me gusta —fue la agria respuesta de su compañero de fatigas—. Pero lo cierto es que la mayoría de los asuntos en que nos metemos nunca me han gustado. Nos limitamos a cumplir órdenes, nos pagan por ello, y los dos sabemos que el día que aceptamos convertirnos en «centinelas de la patria» era para limitarnos a obedecer y mantener la boca cerrada. —Golpeó con afecto el brazo de su compañero—. ¡No te preocupes! —añadió guiñándole un ojo—. Al mochuelo no le va a pasar nada.

—Yo no estoy tan seguro —replicó el otro con manifiesto pesimismo—. Nunca me he fiado de Colillas Morrison.

—Mal asunto cuando los subordinados no confían en sus jefes.

—Mal asunto, en efecto, pero tú y yo sabemos que si Morrison fuera digno del puesto que ocupa, muchas de las cosas que han ocurrido en nuestro país, empezando por la catástrofe de las Torres Gemelas, podrían haberse evitado.

—A mi modo de ver, exageras. Aquello fue una locura que nadie hubiera podido evitar ni aun disponiendo de los datos de que disponía el jefe.

—Tal vez. Pero le conozco bien y dudo que cuando haya conseguido lo que pretende permita que ese pobre infeliz vuelva a su casa.

Tumbado en un camastro en la parte posterior de un Hércules casi vacío, Ali Bahar dormía plácidamente observado por un preocupado Marlon Kowalsky, que comentó sin volverse hacia el gordo, que al fin había dejado de sudar a chorros:

—Te advertí que nos habíamos pasado con la dosis. Ese infeliz está como un jodido tronco...

—Mejor que duerma hasta que lleguemos —le hizo notar un malhumorado Nick Montana—. ¡Cualquiera sabe lo que sería capaz de hacer un tipo tan bestia si se despierta a tres mil metros de altitud! Ni ha visto nunca un avión, ni esto es lo que se esperaba.

—Nada es nunca lo que esperamos —puntualizó el otro—. Entré en la Agencia convencido de que iba a hacer grandes cosas por mi país, y lo cierto es que no he hecho más que marranadas. A mí todo este plan se me antoja un disparate que no va a proporcionarnos más que problemas.

—Obedecemos órdenes.

—De un retrasado mental.

—Haré como que no he oído eso, pero te ruego que no lo repitas —masculló el grandullón secándose instintivamente el ahora inexistente sudor con un arrugado pañuelo—. Al convertirnos en «centinelas de la patria» juramos obedecer ciegamente a nuestros jefes dando la vida por ellos si así nos lo exigían. Y yo estoy dispuesto a cumplir ese juramento cueste lo que cueste, esté de acuerdo o no con las órdenes.

—¿Y nunca te cuestionas si lo que te obligan a hacer está bien o mal, es justo o injusto?

—Yo me limito a hacerlo.

—No somos robots.

—Nos pagan por serlo, y gracias a ello tienes dos casas, tres coches y un sinfín de amantes. Si no le haces ascos al cheque de fin de mes, no tienes derecho a hacerle ascos al trabajo.

—No es tan sencillo como lo pintas.

—¡Lo es! ¡Tan sencillo como eso!

Permanecieron en silencio observando a través de las redondas ventanillas cómo el sol se ocultaba en el horizonte, hundido cada uno de ellos en sus pensamientos, hasta que se escuchó el repicar del teléfono que Ali Bahar guardaba en su chilaba, con lo que de inmediato las luces del avión comenzaron a parpadear, se escuchó un pitido de aviso y el avión comenzó a descender con inusitada brusquedad.

—¡Maldito trasto...! —no pudo evitar exclamar Marlon Kowalsky—. ¡Nos va a matar a todos!

Al poco la llamada se interrumpió, con lo que el Hércules recuperó de inmediato la estabilidad y continuó volando en la total oscuridad de una noche cerrada.

Una hora más tarde, iluminados apenas por una triste bombilla, los tres hombres dormían ajenos a cualquier tipo de peligro. De improviso, la puerta que comunicaba con la cabina de mandos se abrió e hizo su aparición un copiloto de rostro preocupado que agitó nerviosamente a Nick Montana y Marlon Kowalsky.

—¡Despierten! —suplicó—. Algo extraño ha ocurrido con los sistemas electrónicos del aparato.

—¡El puñetero teléfono! —masculló un adormilado Marlon Kowalsky—. Me lo estaba temiendo. ¿Cuál es el problema?

—Parece ser que se nos está agotando el combustible, aunque en realidad no lo sabemos con exactitud. Tampoco tenemos una idea muy clara de dónde nos encontramos en estos momentos.

—¡Pues vaya una gracia! —se lamentó el escuálido hombrecillo—. ¿Y qué demonios va a ocurrir ahora?

—No lo sé, pero mi consejo es que se lancen en paracaídas antes de que este trasto se venga abajo.

—¿Lanzarnos en paracaídas? —se horrorizó Nick Montana comenzando a sudar de nuevo pese a que la temperatura se mantenía estable—. ¿Es que se ha vuelto loco?

—Creo que sería lo mejor... —fue la sincera respuesta—. Nosotros intentaremos aterrizar en algún lado. Con tanto viento cruzado y esta oscuridad va a resultar muy peligroso, aunque siempre nos queda el recurso de utilizar los asientos eyectables el último momento.

—¿Y lanzarse en paracaídas de noche y con viento no es peligroso? —casi sollozó su interlocutor.

—¡Desde luego! Pero mucho menos que aterrizar Dios sabe dónde ni cuándo.

Nick Montana hizo un significativo gesto hacia Ali Bahar, que roncaba mansamente en su camastro.

—¡Pero es que el mochuelo continúa dormido! —comentó a modo de excusa—. ¡Como un lirón!

—¡Mejor para él! —argumentó en su contra el copiloto—. Así no se enterará de nada... —Le interrumpió la sorda explosión de un motor que fallaba, por lo que insistió nervioso—: ¡Decídanse de una vez, que nos vamos al suelo y yo no me hago responsable de lo que ocurra aquí atrás...!

—¡La puta que parió al que inventó esos teléfonos...! —rezongó un aterrorizado Marlon Kowalsky—. ¡Esto sí que no estaba en el programa! ¿Y si caemos al mar?

—¿Qué mar, ni mar...? —le espetó malhumoradamente su interlocutor—. ¿Acaso me cree tan imbécil como para dejarles caer en el mar? Estamos volando sobre tierra firme...

Quiso añadir algo, pero en ese momento el avión dio un bandazo seguido de una brusca caída, por lo que optó por extraer de un armario tres paracaídas y comenzar a colocarle uno a Ali Bahar, que constituía a todas luces un peso muerto.

A los pocos minutos, y entre explosiones de motor cada vez más frecuentes, se abrió la ancha rampa trasera, y enganchando los tres mosquetones a un cable del techo Nick Montana y Marlon Kowalsky hicieron un triste y pesimista gesto de despedida con la mano, empujaron al vacío al ausente Ali Bahar y se precipitaron de inmediato tras él.

El atribulado copiloto no pudo hacer otra cosa que gritarles poniendo en ello su mejor voluntad:

—¡Buena suerte y cuidado al caer!

Los paracaídas se abrieron de inmediato pero el fuerte viento los lanzó en distintas direcciones; mientras descendía, Ali Bahar abrió un momento los ojos pese a que continuara entre sueños, observó las luces del avión que se alejaba, se volvió hacia una tímida luna que acababa de hacer su aparición en el horizonte, sonrió beatíficamente y de improviso inclinó la cabeza y se volvió a quedar profundamente dormido.

Al amanecer, un renqueante Marlon Kowalsky cubierto de polvo de los pies a la cabeza, y que no cesaba de llevarse las manos a los doloridos riñones, vagaba por el desierto luchando contra el fortísimo viento.

Lanzaba desesperados alaridos mientras un sol que apenas se distinguía por culpa de la espesa nube de polvo que se había adueñado del paisaje comenzaba a crecer en el horizonte.

—¡Nick…! —gritaba como un poseso—. ¡Ali…! ¡Nick! ¡Bahar! ¿Dónde estáis…? ¡Bahar! ¡Nick! ¡Contestad, por favor…!

Al fin, tras más de una hora de vagabundear de un lado para otro, llegó hasta sus oídos un lejano lamento:

—¡Aquí…! ¡Aquí…! ¡Marlon! —gritaba casi histéricamente el malhumorado gordo—. ¡Socorro, Marlon!

Su compañero de fatigas se detuvo a escuchar, se frotó los ojos cubiertos de tierra, atisbó hacia todos lados y al fin le descubrió apoyado contra una roca y abrazado aún a su destrozado paracaídas.

Corrió hacia él para inclinarse a su lado.

—¡Gracias a Dios! —exclamó feliz aunque evidentemente inquieto por el demacrado aspecto que ofrecía el por lo general abotargado rostro de su amigo—. ¿Cómo te encuentras?

—Creo que me he roto la pierna y me he dislocado el brazo —replicó el interrogado con sorprendente naturalidad—. ¿Dónde está Ali Bahar?

—¡No tengo ni idea! —admitió el otro encogiéndose de hombros—. Llevo casi una hora dando vueltas por los alrededores, pero se diría que se lo ha tragado la tierra.

—¡Sin embargo bajaba entre los dos, por lo que tiene que estar por aquí...! ¡Búscale!

—¡Pero no puedo dejarte así! —le hizo notar Marlon Kowalsky—. Estás malherido.

—¡Naturalmente que puedes! Él es lo primero. A mí no me ocurre nada grave y con el teléfono podrás pedir ayuda. Te bastará con conectarlo y por medio del satélite nos localizarán en el acto y vendrán a buscarnos. ¡Date prisa!

El otro dudó un instante pero pareció comprender que tenía razón, por lo que se despidió con una leve palmadita en la pierna que tuvo la virtud de conseguir que el herido lanzara un alarido de dolor.

—¡Hijo de puta! —bramó—. Ésa es la pierna que me he roto... ¡Lárgate de una vez y no continúes jodiéndome!

—¡Perdona!

Marlon Kowalsky se alejó, a todas luces avergonzado, para comenzar a llamar a gritos a Ali Bahar mientras avanzaba contra un viento que ganaba en intensidad hasta el punto de que amenazaba con derribarle, ya que en verdad se trataba de un hombre demasiado delgado.

El sol se encontraba en su cenit achicharrándole la cabeza y obligándole a sudar a chorros en el momento en que entrevió un gran hongo blanco que se agitaba locamente en mitad de una extensa llanura que se abría a su izquierda.

Se trataba de un paracaídas que flameaba entre violentos chasquidos y al aproximarse descubrió a Ali Bahar sabes mejor que nadie que no tenemos nada más que cabras. —Hizo una corta pausa al tiempo que se encogía de hombros para concluir—: Simplemente se han ido.

—¿Te han violado?

—¡No! Tampoco me han violado.

—¿Cómo lo sabes?

—¿Digo yo que eso se nota, o no? ¿Acaso te han violado alguna vez? —inquirió Ali Bahar visiblemente molesto.

—¡Naturalmente que no!

—¿Entonces…?

—Y si no te han robado ni te han violado… ¿qué demonios querían? —preguntó su confundido progenitor.

—¿Y yo qué sé? Pero empiezo a sospechar que mi defecto no les interesaba tanto como aseguraban. Lo cierto es que me dieron un té muy amargo, casi al instante me quedé dormido y al despertar ya no había nadie.

—¿Y dónde estás ahora?

Ali Bahar se puso en pie y lo observó todo a su alrededor con profunda atención.

—La verdad es que no lo sé… —admitió—. Desde aquí distingo una llanura barrida por el viento, a la izquierda unas dunas y unos matojos, y allá al fondo, muy lejos, unas montañas peladas.

—¿Altas rojizas y con dos picos que forman casi una media luna? —quiso saber el anciano Kabul.

—Bastante altas… —admitió su hijo—. Aunque con tanto polvo no puedo saber si son rojizas y desde el ángulo que me encuentro no veo si forman o no una media luna.

—Eso es Shack el-Shack, a un día de marcha hacia el sur y a mitad de camino de la ciudad —señaló el viejo, seguro de lo que decía—. Lo conozco bien porque estuvimos de maniobras allá por los años cuarenta. Lo que tienes que hacer es dirigirte a las montañas dejando la más alta a tu derecha, y cuando llegues a la cumbre de la otra distinguirás a lo lejos el farallón que está detrás de nuestro campamento.

—¿Y cómo voy a llegar hasta allá arriba sin agua?
—¿No te han dejado agua?
—Ni gota.
—¡Pero esos tipos son unos asesinos! —exclamó el otro indignado—. ¡Unos auténticos hijos de perra!
—Ya me había dado cuenta.
—No te preocupes, hijo. Si la memoria no me falla, cerca de la cumbre tienes que pasar junto a un manantial.
—¿Y si te falla?
—Hasta ahora nunca me ha fallado.
—¿Cómo lo sabes si hace más de sesenta años que no has vuelto por aquí?
—Pero ¿qué clase de hijo eres? —fue la agria respuesta en la que se advertía un deje de reproche—. Aún no llevas ni un día fuera de casa y ya empiezas a poner en duda lo que dice tu padre.
—¡Está bien! ¡No te enfades! —intentó tranquilizarle su avergonzado vástago—. Me consta que eres el más sabio de la tribu y el que más ha viajado, y haré lo que me dices, aunque me apena regresar sin los pendientes que le prometí a Talila.
—Te está escuchando y me pide que te diga que eso carece de importancia. Lo único que importa es que regreses sano y salvo.
—¡Lo intentaré! —replicó el animoso Ali Bahar—. Te llamaré en cuanto llegue a la cima...

Desconectó el teléfono, se lo guardó, lanzó una última mirada a su alrededor como para cerciorarse de que Salam-Salam y los dos extranjeros no aparecían, e inició, a largas zancadas, el camino hacia la cima de las altas montañas que se vislumbraban en la distancia.

Semioculto entre un grupo de rocas y matojos, Nick Montana lo vio cruzar a lo lejos, pero pese a que agitó su único brazo útil gritándole y silbándole, el viento en contra impidió que pudiera oírle y el polvo en suspensión propició que muy pronto desapareciera de su vista.

Fue un día muy largo.

Tan sólo quien hubiera recorrido en alguna ocasión el desierto, sin agua, a más de cuarenta grados de temperatura y con el viento en contra durante más de diez horas, podría hacerse una idea de qué largos llegan a ser tales días.

Ali Bahar atravesó en primer lugar la infinita llanura y luego un extenso campo de dunas, para trepar por último por las peladas rocas de la casi inaccesible cumbre del noroeste.

Se sentía agotado, le acuciaba la sed, sudaba, resoplaba y se le diría en el límite de sus fuerzas, cayendo y levantándose una y cien veces, pero al fin, con un esfuerzo casi sobrehumano en el que únicamente le mantenía en pie el ansia de regresar junto a los seres que amaba, ya bien entrada la noche llegó a la cima y miró hacia abajo buscando el farallón que protegía su campamento.

Lo que alcanzó a distinguir le dejó estupefacto.

Incrédulo y anonadado tuvo que apoyarse en una roca porque advirtió que las piernas le fallaban.

Su rostro, por lo general impasible, mostró por primera vez la magnitud de su desconcierto.

Lo que estaba contemplando superaba lo más remotamente imaginable.

Respiró hondo, cerró los ojos como si creyera que se trataba de una pesadilla, pero cuando los volvió a abrir la espantosa visión no había desaparecido: un mar de luces de todos los colores se extendía casi hasta el horizonte.

La mítica ciudad de Las Vegas, capital mundial del juego, construida como por arte de magia en el centro del desierto de Nevada, se alzaba ante él con su incesante tráfico de automóviles, aviones que aterrizaban y despegaban, e incluso helicópteros que la sobrevolaban continuamente.

Tardó casi un cuarto de hora en reaccionar pero cuando al fin lo consiguió tomó el teléfono para señalar:

—Padre... He llegado a lo alto de la montaña que me indicaste, y lo que veo no es nuestras jaimas sino millones de luces de lo que parece una enorme ciudad.

El anciano Kabul tardó en replicar puesto que no daba crédito a lo que su primogénito le estaba diciendo.

—¿Cómo que millones de luces? —inquirió con voz trémula—. ¿Qué quieres decir con eso de millones de luces y una ciudad? La capital, que es la ciudad más grande que existe, no tiene más que tres mil habitantes.

—¿Estás seguro?

—Te lo dice tu padre, que estuvo allí.

—No es que yo sepa contar mucho —fue la respuesta—. Pero aquí debe haber cientos de miles de personas.

—Lo que ocurre es que has sufrido una insolación y debes estar teniendo alucinaciones.

—¡Es posible! —admitió Ali Bahar—. Pero te recuerdo que estoy acostumbrado al sol, y lo que veo, lo veo. Y veo montones de luces de colores brillantes que se encienden y se apagan. Algunas incluso diría que vuelan.

—¿Cómo puedes ver luces de colores que se encienden y se apagan con un sol que ciega los ojos? —quiso saber su padre.

—¡Es que es de noche!

El incrédulo Kabul giró el rostro hacia la entrada de su tienda de campaña, comprobó que en el exterior brillaba un sol de justicia, y masculló fuera de sí:

—¿Cómo que es de noche? ¿Es que te has vuelto loco, hijo? El sol está a mitad de camino y raja las piedras.

Un perplejo Ali Bahar alzó el rostro hacia el cielo y buscó en todas direcciones, pero lo único que distinguió fueron estrellas y la luna que había surgido en la distancia.

Como su mente no podía hacerse a la idea de que le habían trasladado al otro lado del planeta, y ni siquiera tenía claro el concepto de que el mundo fuera redondo por lo que, cuando en una parte era de día en las antípodas era de noche, acabó por dejarse resbalar hasta quedar sentado, fláccido y derrotado, para musitar con apenas un hilo de voz:

—¡Pues yo no veo el sol! Se debe haber dividido en esos millones de luces que distingo desde aquí. —Tragó la escasa saliva de la que disponía para inquirir a duras penas—: ¿Qué significa eso, padre?

Su sabio padre meditó largamente, se acarició la espesa y luenga barba blanca, asintió repetidas veces con sincero pesar, y acabó por señalar seguro, como siempre, de sí mismo:

—¡Ay, hijo querido! Me temo que eso significa que estás muerto... —Se volvió a Talila, que se había llevado una vez más las manos a las orejas recordándole los pendientes para negar con evidente pesimismo—: ¡Olvídate de los pendientes, pequeña! Tu hermano ha muerto.

—Pero ¿cómo que he muerto? —protestó un indignado Ali Bahar al otro lado del teléfono—. Respiro, tengo sed, los pies me sangran, me pellizco y me duele, veo miles de luces y oigo ruido de motores... ¿Acaso es eso estar muerto?

—¡Hijo! —fue la dolida respuesta—. ¡Amadísimo hijo...! Si en lugar del sol de mediodía estás viendo millones de luces de una ciudad en un lugar en el que yo sé positivamente que nunca ha existido más que el desierto, resulta evidente que estás en el otro mundo, y que yo sepa al otro mundo tan sólo van aquellos que están muertos...

—¿Y cómo van? ¿Pateando durante horas el desierto?

—¡No! Suelen ir volando... ¿No has sentido como si volaras?

—¡Pues ahora que lo dices, anoche tuve una sensación muy rara...!, —Se vio obligado a reconocer muy a su pesar el confundido Ali Bahar—. Era como si me encontrara suspendido en el aire, colgando de una especie de enorme tienda de campaña...

—¡Lo ves...! Volaste al paraíso. ¡Bendito seas, hijo, que estás en el paraíso! —El pobre hombre se volvió una vez más hacia su anonadada hija, que no parecía entender nada de lo que estaba ocurriendo con el fin de aclararle—: Tu hermano está en el paraíso y debemos dar gracias a esos extranjeros, probablemente ángeles, porque por medio de este maravilloso aparato que nos dejaron se nos permite seguir en contacto con él aun después de muerto.

—Pues con todo el respeto que me merece tu inmensa y reconocida sabiduría, amado padre —argumentó su primogénito—, yo no tengo en absoluto la sensación de estar muerto.

—Supongo que ningún muerto ha tenido nunca la sensación de estar muerto —fue la lógica respuesta.

—¿Y eso por qué?

—Porque están muertos.

El supuesto difunto meditó un largo rato sobre tan sorprendente forma de ver las cosas, y por último masculló:

—Ni creo que aquel par de sinvergüenzas fueran ángeles, ni mucho menos que yo haya volado al paraíso sin motivo alguno. Quizá lo que me dieron a beber y la larga caminata me han producido estas extrañas alucinaciones, pero te juro que el cansancio, el calor, la sed, el hambre y todo lo que he padecido para llegar hasta aquí no tiene nada que ver con alucinaciones. Ha sido real y muy real.

—Bien, hijo... —admitió Kabul Bahar armándose de paciencia—. Ya que insistes en estar vivo haremos una última prueba: intenta orinar. Todo el mundo sabe que los muertos no orinan.

Ali Bahar se puso en pie, se alzó la chilaba, encaró la pared de roca y comenzó a orinar tan larga y sonoramente que al fin optó por colocar el teléfono de modo que se captase el sonido al tiempo que inquiría:

—¿Te suena a muerto?

—¡Me temo que no! —admitió el desconcertado anciano—. Ciertamente todo esto es tan extraño que escapa incluso a mis conocimientos, por lo que te aconsejo que bajes a esa ciudad y busques a un imam que te explique lo que ocurre.

—¿Y dónde voy a encontrar a un imam?

—Donde están siempre: en la mezquita.

—Y con tanto edificio, ¿cómo voy a encontrar la mezquita? Te recuerdo que yo nunca he visto una mezquita.

—En las ciudades la mezquita es siempre la edificación más alta, hijo... ¡La más alta!

—Es que vistas desde aquí todas las edificaciones de esa ciudad parecen muy altas...

La hacendosa y por lo general silenciosa Talila, que permanecía con la oreja pegada al auricular, lo tomó de manos de su progenitor para aconsejar en un tono de infinita dulzura:

—¡Haz caso a nuestro padre, querido Ali! Él nos ha enseñado todo cuanto sabemos y siempre nos ha aconsejado bien. Busca la mezquita y que el imam, que suele ser un hombre muy sabio, te aclare lo que ocurre. —Hizo una corta pausa para añadir—: Y olvídate lo que me prometiste. Lo único que importa es que regreses sano y salvo.

—Pero tú no crees que esté muerto, ¿verdad?

—¡Naturalmente que no! —replicó Talila de inmediato—. Yo no soy tan inteligente ni tan culta como nuestro padre, pero tan sólo os tengo a ti y a él, y si hubieras muerto, la mitad de mí lo estaría de igual modo. Las mujeres podemos captar eso mucho mejor que los hombres.

—Pero si no estoy muerto, ¿qué es lo que me ocurre? —quiso saber su atribulado hermano.

—Eso no lo tengo muy claro, querido Ali —admitió honestamente la muchacha—. Pero recuerda que nuestra llorada madre nos contaba cómo su hermano había viajado a un lugar en el que el suelo era más blanco que la arena más blanca, y tan frío que si te dormías encima, te quedabas muerto. También aseguraba que había montañas cien veces más altas que las que vemos desde aquí, y caudales de agua dulce tan anchos que incluso tenían que construir enormes pasarelas para cruzarlos de lado a lado. —Hizo una corta pausa para añadir con desconcertante sencillez—: Si alguno de tales prodigios fuera cierto, ¿qué tiene de extraño que te encuentres ahora en un lugar en el que la oscuridad y la luz sean distintas de lo que lo son aquí?

—Ciertamente, la misma diferencia existe entre la noche y el día, que entre la arena que abrasa y la que mata de frío —puntualizó un meditabundo Ali Bahar al que el simple tono de voz, sereno y pausado de la pequeña Talila, solía tener la virtud de relajarle—. Haré lo que nuestro padre ha dicho, pero puedes estar segura de que no me olvidaré de tus aretes. ¡Que Alá te proteja!

—¡Que Él te acompañe!

Una vez hubo colgado el teléfono, Ali Bahar Mahad decidió, no obstante, que lo mejor que podía hacer por el momento era quedarse en lo alto de la montaña hasta que la luz del día —si es que en verdad en aquel sorprendente lugar amanecía de nuevo— le permitiese hacerse una idea de qué era en realidad lo que se extendía ante él, y dónde podría encontrarse la mezquita entre aquel océano de altos edificios.

No era hombre que creyera en la sabiduría de los imames, pero tenía clara conciencia de que en aquellos momentos necesitaba toda clase de ayuda, viniera de donde viniese.

A diferencia de su padre y su hermana, nunca había sido un creyente convencido, tan sólo cuando el anciano le insistía rezaba sus oraciones, y vivía con el convencimiento de que un ser supremo que había tenido el estúpido capricho de castigarle con el terrible defecto que se veía obligado a soportar no merecía ni adoración ni respeto.

Había pasado toda su vida cuidando cabras y sufriendo hambre, calor y sed, y cuando en cierta ocasión alcanzó por breve espacio de tiempo la ansiada felicidad que todo ser humano anhela, su amada esposa había muerto en el momento de dar a luz un precioso niño que por desgracia apenas sobrevivió dos semanas.

Arrodillarse una y otra vez a dar gracias por tan miserable existencia se le antojaba casi una burla, y pese a que en presencia de los suyos se comportaba de un modo natural con el único fin de no herir sus sentimientos, durante sus largas horas de soledad, sin más compañía que los camellos, las cabras y un viejo perro ya difunto, se planteaba a menudo por qué razón nadie en su sano juicio se había molestado en crear un mundo en el que no existían más que arena, piedras, matojos, polvo y un sol que abrasaba el cerebro.

Amén de serpientes, alacranes, moscones, chinches, piojos y miríadas de mosquitos.

Según le había contado su padre, también existían verdes bosques, mares y ríos, pero por más que el anciano había tratado de explicarle docenas de veces cómo era un verde bosque, un mar o un río, le resultaba del todo imposible visualizarlos puesto que jamás había conseguido ver más de dos árboles juntos, ni más agua que la que pudiera contener un sucio y profundo pozo de un par de metros de diámetro.

Su concepto del mundo más allá de los horizontes del desierto podía considerarse semejante al concepto de los colores que consiguiera tener un ciego de nacimiento.

Por todo ello, en aquellos momentos, sentado allí, en la cima de la montaña, aguardaba impaciente la llegada de un amanecer del que no estaba del todo seguro, y se mostraba tan excitado como pudiera estarlo ese mismo ciego de nacimiento que confiara en que al despojarle de las últimas vendas tras una compleja operación iba a poder ver cuanto nunca había visto.

Por la ancha llanura se extendían más luces que estrellas distinguía en el firmamento, y empezaba a estar convencido de que tras cada una de aquellas luces se escondía un mundo diferente y maravilloso que tal vez le sirviera para descubrir al fin qué era lo que el buen Dios se había propuesto a la hora de ponerse a la tarea de crear el universo.

Le venció la fatiga y se quedó dormido convencido de que aquel manto de luces ocultaba los frondosos bosques, los caudalosos ríos y los extensos mares de los que su padre tanto le había hablado.

Despertó con la primera claridad del alba, descubrió que las luces de incontables colores y fascinantes movimientos se iban apagando una tras otra, pero ante sus ojos no hicieron su aparición frondosos bosques, caudalosos ríos o extensos mares, sino tan sólo un árido desierto sobre el que se desparramaban miles de edificios de todas las alturas, formas y tamaños, que a plena luz carecían por completo del casi mágico encanto que durante la noche le proporcionaban los continuos movimientos de sus gigantescos anuncios luminosos.

Ali Bahar Mahad no podía saberlo puesto que jamás había visto anteriormente una ciudad, pero a la fascinante Las Vegas nocturna le sucedía como a la mayor parte de sus miles de emplumadas coristas, deslumbrantes sobre las tablas de un escenario, que por las mañanas ofrecían un aspecto deplorable, cansadas y con el maquillaje corrido, huyendo de la luz natural como si de auténticos vampiros se tratase.

Desde donde el desconcertado nómada se encontraba apenas conseguía distinguir en la distancia los altos edificios de los grandes casinos, pero sí las interminables urbanizaciones aledañas, a las que solían retirarse a dormir de amanecida los miles de agotados croupiers, camareros, cocineros, barmans, vigilantes jurados o bailarinas ligeras de ropa que cada anochecer volvían a convertir el en aquellos momentos muerto corazón de la ciudad en la capital mundial del vicio.

Lo observó todo con infinita paciencia, casi sin mover un músculo, buscando el camino que podría conducirle hasta la mezquita de la que su padre le había hablado y estudiando el modo de evitar tener que atravesar aquellas anchas cintas negras por las que miles de hermosos automóviles y gigantescos camiones se desplazaban a increíble velocidad.

La ruta que seguían los vehículos era sin duda la más directa para acceder a la ciudad, pero sabía muy bien que nunca podría seguirla si no quería correr el riesgo de que lo aplastaran a las primeras de cambio.

El desierto que nacía justo donde terminaban las anchas cintas de asfalto se le antojaba sin lugar a dudas mucho más seguro.

Al caer la tarde comenzó por tanto a descender con toda parsimonia de la montaña, y con las primeras sombras inspiró profundamente para iniciar, un tanto atemorizado, su andadura llanura adelante.

Se esforzó por evitar las primeras casas marchando siempre a campo traviesa, pero llegó un momento en que no le quedó más opción que adentrarse entre ellas hasta que de improviso se detuvo asombrado puesto que una gran masa de agua le cortaba el paso.

Y es que Ali Bahar no había visto tanta agua junta desde que era un niño; desde aquel ya muy lejano año de las grandes inundaciones en que sus padres le llevaron a admirar la gran laguna en que se había convertido el viejo cauce de la Sekia-Eldora.

Pero el agua de la Sekia-Eldora era un agua agitada, sucia y barrosa, mientras que la que ahora le cerraba el paso era una masa cristalina e iluminada interiormente, tan quieta y transparente que por un momento llegó a pensar que no se trataba de un líquido, sino de simple aire que por algún sorprendente hechizo hubiera conseguido solidificarse.

Tras contemplar, casi con devoción, tan extraño prodigio, Ali Bahar se arrodilló a dar gracias a Alá, y a continuación alargó tímidamente el brazo hasta rozar apenas la quieta superficie con el fin de cerciorarse de que se trataba realmente de agua.

Lo era, y al formar un cuenco con las manos advirtió cómo un espasmo de placer le partía de la base de la columna vertebral y le recorría la espalda, puesto que nunca, jamás en su vida, había experimentado la maravillosa sensación de llevarse a los labios un agua tan limpia y fresca como aquélla.

Bebió despacio, esforzándose por luchar contra la acuciante sed, puesto que tenía conciencia de que semejante manjar, el más amado del Señor, aquel que impartía la felicidad y la vida, merecía ser saboreado hasta en sus más mínimos detalles.

Algo tan vulgar a los ojos del resto de los mortales como una pequeña piscina familiar de una urbanización de clase media en las afueras de una de tantas ciudades del mundo, se convertía para aquel pobre hombre, nacido y criado en el más remoto rincón del planeta, en un tesoro de incalculable valor.

Calmada la sed se sentó a contemplar semejante prodigio como si se tratara de la más hermosa mujer que pudiera existir, preguntándose cuán felices deberían sentirse los habitantes de la hermosa casa que en aquellos momentos aparecía silenciosa y casi en penumbras, si cada vez que salieran al porche se enfrentaban a semejante panorama.

Quizá en el fondo su padre tenía razón, estaba muerto, y aquél era el paraíso prometido.

Eso le hizo recordar que tenía que encontrar a un imam que le aclarase su situación, así que muy a su pesar reanudó la marcha, pero tan sólo fue para encontrarse con una prodigiosa cantidad de piscinas, algunas incluso más grandes que la primera, y que tan sólo contribuyeron a aumentar su desconcierto.

Aquél era sin duda el país del agua.

El país de Dios.

El país en el que nadie tendría razón alguna para sufrir.

Un par de horas más tarde penetró en la ciudad por oscuras callejuelas de escaso tránsito en las que se sintió perdido, pero los altos edificios que destacaban profusamente iluminados sobre los tejados le iban marcando el rumbo, hasta que desembocó en una avenida muy ancha en la que muy pronto se detuvo ante una gigantesca vidriera al otro lado de la cual una treintena de extrañas cajas cuadradas mostraban una prodigiosa cascada de imágenes en continuo movimiento que le dejaron prácticamente boquiabierto.

Aunque no percibía sonido alguno, distinguía a gente que hablaba, gente que bailaba, gente que mostraba infinidad de productos de consumo, hermosas mujeres provocativamente ligeras de ropa, escenas de guerra y violencia, y tantas cosas diferentes que su mente no se sentía capaz de asimilar tal derroche de mensajes visuales y en cierto modo agresivos absolutamente diferentes los unos de los otros.

Poco después reparó en el a su modo de ver absurdo hecho de que desde la mayor de las cajas, la que se encontraba justo frente a él, un hombre le espiaba con extraña fijeza.

Al observarlo con mayor atención descubrió que aquel hombre era idéntico al que solía mirarle desde el desconchado espejo de su hermana Talila, las pocas veces que se recortaba la barba.

Se aproximó para estudiarle más de cerca y advirtió que el hombre de la caja se aproximaba de igual modo.

Se rascó la nariz desconcertado, y le asombró descubrir que el hombre se la rascaba de igual modo.

Tras unos instantes de perplejidad llegó a la conclusión de que tal vez se trataba de un enorme espejo, puesto que cada vez que hacía un gesto, el desconocido le imitaba.

Trató de sorprenderle, pero no lo consiguió puesto que era tan rápido como él mismo.

Al fin meditó, extrajo el enorme Magnum 44 que había pertenecido a Marlon Kowalsky y le apuntó con él, pero el hombre de la caja había hecho lo mismo, por lo que se quedaron allí el uno frente al otro, apuntándose, pero sin decidirse a disparar.

Tan absorto se encontraba, que no advirtió que al final de la calle había hecho su aparición un policía a bordo de una enorme y sonora Harley Davidson.

Se trataba de un personaje en verdad impresionante, de casi dos metros de altura, ancho de espaldas, manos como mazas, calzado con botas negras y enfundado en un uniforme también negro, con gafas negras, casco blanco y un impresionante pistolón de cachas de nácar pendiente de un cinturón cuajado de balas.

Al percatarse de las imágenes de una hermosa muchacha en una de las pantallas de televisión, el motorista detuvo su máquina en el bordillo, se despojó del casco dejando ver su cuadrada mandíbula y su dura expresión de pocos amigos, para complacerse en la refrescante imagen de la chica que correteaba por la playa luciendo un minúsculo traje de baño del que sobresalían dos rotundos pechos.

Al poco, Ali Bahar cayó en la cuenta de que alguien se había colocado a sus espaldas, ligeramente a su derecha y se volvió a mirarle.

Fue entonces cuando el policía reparó por primera vez en quién se encontraba ante él, y que se había vuelto a mirarle.

Ali Bahar le dedicó la más amable de sus sonrisas.

El gigantón le observó desde su enorme altura, y de improviso bizqueó, sufrió un vahído y cayó como fulminado por un rayo, golpeándose la cabeza contra una farola.

El casco rodó por la acera mientras su dueño parecía encontrarse en otro mundo.

Ali Bahar permaneció unos instantes atónito sin saber qué decisión adoptar, pero al advertir que se aproximaban varios transeúntes charlando y riendo animadamente decidió limitarse a saltar sobre el despatarrado cuerpo del policía y alejarse en la noche.

Nadie le prestó una especial atención mientras avanzaba por Charleston Boulevard, ni cuando llegó a Las Vegas Boulevard, lo cual le permitió extasiarse ante la magnificencia de los espectaculares edificios que se abrían a uno y otro lado de la calle, a cuál más alto o más llamativo, hasta el punto de que le resultaba del todo imposible decidir cuál de ellos podría ser la mezquita que estaba buscando.

Luces de colores que a menudo se movían a un ritmo frenético formando figuras de personas o animales, apareciendo y desapareciendo de un minuto al siguiente, anunciaban que en el interior de cada uno de aquellos locales se jugaba a todo lo jugable en este mundo, pero lógicamente Ali Bahar no podía ni imaginar el significado de tales reclamos.

Se sobresaltó cuando a su derecha una especie de enorme volcán evidentemente ficticio explotó arrojando al cielo un chorro de algo que simulaba ser lava y que se desparramó por sus laderas, y a continuación no pudo evitar seguir con la vista y un extraño cosquilleo en la boca del estómago las desnudas piernas de una muchacha en minifalda.

Una señora de aire ausente tropezó con él, le observó con ojos de miope, pareció sorprenderse, como si aquel barbudo rostro le recordara a alguien, pero acabó por encogerse de hombros para penetrar apresuradamente en la sala de juegos más próxima.

Cruzó una ambulancia atronando la calle con su sirena.

Ali Bahar dudó una vez más pero al fin decidió seguir a la señora de aire ausente hasta el interior del alto edificio.

Nadie le impidió el paso, por lo que muy pronto avanzó por entre filas de máquinas tragaperras, incapaz de asimilar lo que estaba viendo, aturdido por el ruido, las voces, la pegadiza musiquilla, los millones de luces, el girar de las ruedas, el tintinear de las monedas y las exclamaciones de alegría o decepción de la masa de jugadores.

En un principio, absortos en sus respectivas máquinas, ninguno de los presentes le prestó la más mínima atención, pero al fin una anciana que se encontraba de espaldas olfateó el aire como un sabueso para exclamar indignada:

—¡Qué peste! ¡Ese hombre no se ha bañado en años!

De inmediato otra anciana teñida de rubio aferró a Ali Bahar por el brazo para obligarle a volverse.

—¡Es cierto! —corroboró furiosamente—. Este hombre apesta y no deberían permitirle la entrada a un...

Pero de improviso enmudeció, dio un paso atrás, se apoyó en la máquina tragaperras que tenía más cerca y tras unos instantes de duda acabó por lanzar un alarido de terror:

—¡Dios santo...! —exclamó—. ¡Que el Señor se apiade de nosotros...!

Lógicamente, Ali Bahar no la entendió, pero sí advirtió cómo poco a poco la mayor parte de los jugadores se volvían a mirarle, por lo que las máquinas dejaron de funcionar y se fue haciendo un tenso silencio.

Un murmullo de espanto recorrió la inmensa sala.

—¡Qué horror...!
—¡No es posible!
—¿De dónde ha salido?
—¡Que alguien avise a la policía!

Cuando el rumor se extendió, tres guardias armados se aproximaron intentando averiguar qué era lo que ocurría, y cuando al poco consiguieron enfrentarse al intruso se diría que se habían quedado de piedra.

Por su parte Ali Bahar se volvió a todos lados y recorrió con la vista los ansiosos rostros, incapaz de comprender por qué razón su persona despertaba semejante interés.

Siguieron momentos de insoportable tensión, puesto

que los guardias habían echado mano a sus armas, empuñándolas, aunque sin decidirse a extraerlas de sus fundas, por lo que al percatarse de tan agresiva actitud Ali Bahar decidió extraer del bolsillo de la chilaba su sofisticado teléfono con la evidente intención de pedirle consejo a su experimentado padre.

—¡Lleva una bomba! —exclamó uno de los jugadores que se encontraba más próximo—. Es el detonador de una bomba...

—¡Que el cielo nos ayude! —insistió la devota anciana.

—¡Quietos...! —suplicó uno de los guardias—. ¡Que nadie se mueva...! ¡Y usted, señor...! —añadió dirigiéndose directamente a Ali Bahar—. ¡No apriete el detonador, por favor...! ¡Por favor!

Pero Ali Bahar, que a cada momento que pasaba se sentía más acorralado, observó las manos sobre las culatas de los revólveres, reparó en la hostilidad de las miradas y decidió llevarse el teléfono al oído presionando la tecla que le proporcionaría una inmediata conexión con un anciano y sabio padre que sabría mejor que nadie cómo salir de semejante embrollo.

La mayor parte de los presentes cerraron los ojos y se encogieron sobre sí mismos temiendo lo peor, pero lo que sucedió a continuación resultó imprevisible puesto que en lugar de producirse una destructiva explosión, el teléfono envió una orden a un satélite de la NASA, éste la devolvió multiplicada, inhibió las señales de radio en cien metros a la redonda, y al instante todas las máquinas tragaperras comenzaron a aullar y brillar anunciando que se había acertado el premio mayor al tiempo que escupían monedas en auténtica catarata.

Tras un primer momento de desconcierto todos los presentes, incluidos los guardias, se lanzaron a recoger el dinero, rodando por el suelo y peleándose en una algarabía y una confusión que asustaron aún más al pobre Ali Bahar, que decidió aprovechar que los ansiosos jugadores se habían desentendido de él, para salir a la calle aunque para ello tuviera que pasar sobre docenas de cuerpos que se entremezclaban gritando y peleándose en confuso revoltijo.

Uno de los guardias disparó al aire ordenándole que se detuviera, por lo que se limitó a remangarse la chilaba y salir corriendo hasta perderse de vista en la noche.

Poco más de media hora más tarde, en la lejana ciudad de Washington, Philip Morrison, un hombre que vivía eternamente malhumorado pese a ocupar un inmenso y lujoso despacho repleto de fotografías en las que se le veía en compañía de mandatarios de los más variopintos países, y que sostenía entre los labios un cigarrillo apagado mientras repasaba con gesto aburrido un grueso fajo de documentos, alzó la cabeza molesto cuando advirtió que golpeaban discretamente a la puerta.

Rápidamente ocultó el cigarrillo en el bolsillo superior de su camisa, y casi de inmediato hizo su entrada Helen Straford, una madura secretaria de voz aguardentosa y gesto adusto.

—Perdone que le moleste, señor —dijo—. Pero lamento comunicarle que acaban de llegar malas noticias.

—Raro sería lo contrario —replicó su jefe en tono de reconvención—. Hace años que no atraviesa usted esa puerta con una buena noticia.

—No es culpa mía.

—Si lo fuera ya la habría despedido. Empiece por la menos mala para que pueda ir haciendo boca.

—La menos mala es que los agentes Nick Montana y Marlon Kowalsky han desaparecido.

—A mi modo de ver ésa se convertiría en una magnífica noticia con tal de que ese par de imbéciles desaparecieran para siempre —fue la desagradable pero evidentemente sincera respuesta—. Pero por desgracia no caerá esa breva... ¿Qué les ha sucedido?

—No lo sabemos exactamente, pero su avión se ha perdido.

—¿Qué pretende decir con eso de que «se ha perdido»? Un Hércules no se pierde como si fuera un paraguas. Se supone que tiene que estar en continuo contacto con nuestra torre de control.

—Se supone, pero no lo está. Volaba sobre el desierto de Nevada cuando súbitamente desapareció todo contacto por radio aunque no se sabe que se haya producido ningún accidente por las proximidades.

—¡De acuerdo! —admitió su interlocutor—. De momento hemos perdido un avión especialmente preparado para servicios muy especiales incluida toda su tripulación y a dos de nuestros agentes supuestamente especiales. ¿Qué más?

—Que al parecer alguien está utilizando los teléfonos que pertenecían a Montana y Kowalsky. Se dedican a enviar una gran cantidad de mensajes en un idioma incomprensible o una clave secreta que nuestros expertos se sienten incapaces de descifrar.

—¿No podemos descifrarla pese a disponer de más de tres mil traductores oficiales y docenas de expertos en descifrar claves? —se escandalizó Philip Morrison.

—Así es, señor.

—¡Pandilla de ineptos! —masculló su jefe rompiendo en dos uno de sus hermosos lapiceros—. ¿Y desde dónde hablan?

—Uno, el que por el tono de voz parece tener más autoridad, desde algún lugar perdido de Oriente Próximo, en pleno desierto, aunque aún no lo sabemos con exactitud; tenemos que esperar a que el satélite se coloque en la vertical del punto.

—¡Mierda! Eso suena muy, pero que muy peligroso. Tal vez estén dando la orden de empezar una guerra bacteriológica. ¿Desde dónde habla el otro?

—Desde Las Vegas.

—¿Las Vegas? ¿Las Vegas de Nevada? —se horrorizó Philip Morrison cambiando de actitud—. ¡Eso sí que se me antoja terrible! ¿Cree que son suposiciones mías o que en verdad estarán preparando un nuevo atentado a gran escala?

—Lo ignoro, señor. Le repito que esa clave o ese idioma resultan del todo incomprensibles, pero la última noticia, y ésta es la que debemos considerar realmente pésima, es que desde nuestra oficina de Las Vegas acaban de comunicarnos que casi un centenar de testigos dignos de crédito aseguran haber visto personalmente a Osama Bin Laden.

—¿Que han visto a Osama Bin Laden? —repitió su jefe en verdad estupefacto—. ¿Osama Bin Laden el terrorista?

—Que yo sepa no hay otro. Según un patrullero de la policía local le amenazó con un revólver, y según los clientes de un casino de juego esgrimió un extraño aparato con el que consiguió que todas las máquinas tragaperras se volvieran locas.

—¡Me niego a creerlo!

—De nada sirve negar la evidencia, señor. —La severa mujer se inclinó hacia delante apoyando ambas manos en la mesa para acabar por inquirir bajando instintivamente la voz—: ¿Avisamos al FBI, la CIA y el Departamento de Estado o esperamos a confirmar la noticia?

—Pero ¿cómo se le ocurre? —se escandalizó Morrison desechando la idea con una especie de manotazo al aire—. ¡Ni hablar!

—¿Por qué?

—Porque no quiero que esa pandilla de presuntuosos, que más que ejecutores de la ley, son realmente ejecutivos de la ley, metan las narices en nuestros asuntos.

—No se trata de nuestros asuntos, señor —protestó la incordiante mujer—. Me temo que se trata de un problema de índole estatal que atañe de modo muy directo a la seguridad nacional.

—¡Me importa un pito! —fue la sorprendente respuesta—. Que se limiten a enviar a nuestro Grupo de Acción Rápida a Las Vegas y que preparen de inmediato mi avión. Quiero estar allí esta misma noche. ¡Tenemos que cazar a ese tipo nosotros solos! Y ni una palabra a nadie.

—¡Pero se trata nada menos que de Osama Bin Laden, señor; del enemigo público número uno de nuestro país! —protestó Helen Straford—. Si se nos escapara por no haber aceptado coordinar nuestras fuerzas con los restantes organismos implicados en la seguridad nacional estaríamos cometiendo un error imperdonable.

—¡No diga majaderías, Helen! —le espetó el otro, que de improviso parecía haber perdido su ya de por sí escasa paciencia—. Ese tipo ni es Osama Bin Laden, ni mucho menos el enemigo público número uno de nuestro país...

—¿Ah, no?

—Le aseguro que no.

—Entonces, ¿quién es?

—Un estúpido beduino analfabeto que nos aseguraron que se le parece mucho, y por lo visto es así. Montana y Kowalsky lo encontraron en un desierto de Oriente Próximo.

—¿Y qué diablos hace en Las Vegas?

—No lo sé, pero resulta evidente que ese par de cretinos han permitido que se les escape. Tenían orden de entregarlo en nuestra base de Buenaventura, en Nuevo México, pero son tan ineptos que ahora el maldito beduino se pasea tranquilamente por Las Vegas mientras nuestros genios del espionaje moderno se encuentran Dios sabe dónde.

La eficiente y por lo general respetuosa secretaria necesitó un tiempo para asimilar lo que acababa de escuchar, y quizá por primera vez en su vida olvidó el estricto protocolo y acabó por dejarse caer en la butaca que se encontraba al otro lado de la mesa de Morrison.

A los pocos instantes y casi con miedo a la respuesta, inquirió con un hilo de voz:

—¿Intenta hacerme creer que fue usted quien envió a Montana y Kowalsky a buscar a ese hombre?

—¡Exactamente!

—Pero ¿por qué?

—Recibía órdenes. Yo casi siempre recibo órdenes.

—¿De quién?

—¡Oh, vamos, Helen! No haga preguntas estúpidas. Sabe muy bien que yo las órdenes las recibo de lo más alto, directamente y sin intermediarios.

—¿Orden de secuestrar a un cabrero analfabeto por el simple hecho de que se parece a Osama Bin Laden? —masculló la otra en tono de incredulidad—. ¡Sinceramente no lo entiendo! ¿Por qué no intenta explicármelo?

Philip Morrison tardó mucho en responder. Con el codo apoyado en la mesa y la barbilla en la palma de la abierta mano, observó largamente a su interlocutora, como si estuviera tratando de descubrir en ella rasgos que le habían pasado inadvertidos. Al fin, y sin casi apenas mover un músculo, susurró:

—Si se lo cuento tal vez le cueste la vida, porque se trata de alto secreto, pero está claro que ya que conoce parte de la historia y tenemos que colaborar a la hora de resolver el problema, no puedo mantenerla al margen por más que corra un serio peligro.

—¿Tan grave es?

—Mucho. Me ordenaron que secuestrara a ese infeliz porque, como ya le he dicho, se parece al auténtico Osama Bin Laden como una gota de agua a otra, y la Casa Blanca ha decidido que necesita a Bin Laden vivo.

—¿Qué pretende decir con eso?

—Que ni se le puede matar, ni se le puede detener —el director general de la agencia especial Centinelas de la Patria hizo una nueva pausa y añadió como quien se lanza al agua desde los altos mástiles de un navío—: Y en caso de que se le detuviera o matara nuestra obligación, y la de todos, es mantener esa muerte o esa detención en el más absoluto secreto.

—¡No puedo creerlo!

—¡Pues créaselo, porque a partir de este momento voy a necesitar su colaboración y conviene que tenga las cosas muy claras! La orden no admite discusión: Osama Bin Laden no puede morir.

—¡Pero si eso es lo que todos los ciudadanos del país, y casi diría que de la mayor parte del mundo, desea!

—Por desgracia lo que desean los ciudadanos no suele coincidir con lo que desean quienes los gobiernan, querida mía. Lo vemos a diario. Recuerde el viejo dicho: «A perro muerto se acabó la rabia», pero en estos momentos los planes del presidente exigen que continúe existiendo ese tipo de «rabia».

—¿Por qué?

—Porque oficialmente Osama Bin Laden es «el terrorista asesino» que destrozó Nueva York, y al que tenemos la ineludible y sagrada obligación de combatir a toda costa, por cualquier medio y donde quiera que pueda encontrarse —sonrió apenas al tiempo que abría las manos en lo que constituía una muda aclaración adicional—: Y eso le proporciona a nuestro gobierno una magnífica excusa para iniciar cualquier tipo de acción en cualquier rincón del planeta.

—Pero si le detuviéramos o le matáramos el gobierno se quedaría sin tan magnífica coartada —aventuró con marcada intención Helen Straford.

—Veo que lo ha entendido.

—Naturalmente que lo he entendido, pero eso es algo ilegal.

Su jefe le dirigió una mirada de auténtico asombro, como si de pronto hubiera descubierto que estaba tratando con una especie de retrasada mental, para indicar a continuación cuanto le rodeaba:

—Casi todo lo que hacemos aquí es ilegal y usted lo sabe. Trabajamos muy duramente para que nuestro país sea cada vez más grande y poderoso, y en ocasiones los métodos no son todo lo correctos que quisiéramos. Éste es un claro ejemplo; necesitamos contar con un

Osama Bin Laden de repuesto al que además podamos utilizar grabando vídeos en los que llame a la guerra santa a sus seguidores.

»En Buenaventura hemos reunido a un equipo de filmación con los mejores directores, maquilladores, y en especial dobladores capaces de imitar la voz del auténtico Bin Laden hasta en sus últimas inflexiones. —Philip Morrison sacó nerviosamente el cigarrillo del bolsillo de su camisa y se lo llevó a los labios tras soltar un reniego—. Todo estaba perfectamente planeado en una operación brillante y sin precedentes, pero ese par de subnormales han dejado escapar a nuestro protagonista y cualquiera sabe lo que puede pasar ahora.

—¡No se le ocurra encender ese cigarrillo! —le advirtió autoritariamente la inflexible mujer que parecía haber recobrado en cuestión de segundos el control de sus actos y sus palabras—. ¡Cálmese e intentemos analizar el problema desapasionadamente! ¿Qué puede hacer ocurrido para que nuestro avión haya desaparecido de todas las pantallas de radar y de todas las frecuencias de radio, y que los teléfonos de Nick Montana y Marlon Kowalsky estén ahora en manos de unos extraños?

—¿Y cómo quiere que lo sepa? —protestó el desolado director de la agencia especial Centinelas de la Patria—. Le recuerdo que es usted quien acaba de traerme la maldita noticia.

—¡Alguna explicación lógica habrá!

—¿Lógica? —fue la áspera respuesta—. ¿Qué tiene todo esto de lógico? —quiso saber a continuación—. Un avión Hércules, capaz de aterrizar y despegar casi sobre esta mesa y preparado para volar miles de millas sin necesidad de repostar, desaparece como por arte de magia, al tiempo que un sucio beduino, que por lo que me contaron no habla más que un incomprensible dialecto local, aparece de pronto en Las Vegas con uno de nuestros más sofisticados teléfonos. Si esto se descubre, todo un bien meditado plan se viene abajo.

—Eso sin contar lo que podría decir el auténtico Osama Bin Laden —le hizo notar la adusta Helen Straford.

—¿A qué se refiere?

—A que estaríamos poniendo en sus manos un arma con la que desprestigiarnos devolviéndonos la pelota.

—Eso es muy cierto.

—Y usted sabe que siempre demostró ser un astuto zorro que además nos conoce muy bien.

—¡No me lo recuerde! Yo mismo lo entrené para que les hiciera la vida imposible a los rusos en Afganistán...

—También yo le entrené —admitió ella con una leve sonrisa—. En otro sentido, claro está.

Philip Morrison se puso en pie, se aproximó al ventanal, observó la iluminada cúpula del Capitolio que se distinguía a lo lejos, y al cabo de unos instantes puntualizó seguro de sí mismo:

—Tenemos que cazar a ese maldito cabrero —concluyó seguro por primera vez en el transcurso de la conversación de lo que estaba diciendo—. Tenemos que atraparlo antes que nadie le ponga la mano encima y llevarlo a Buenaventura sin armar ruido.

—¡No lo veo fácil! —le hizo notar su subordinada—. Pronto el FBI, la CIA y todos los cuerpos de seguridad y contraespionaje de la nación le pisarán los talones, locos por apuntarse el maravilloso tanto de haber aplastado a la bestia de nuestro tiempo.

—Lo supongo, pero contamos con unos medios de los que los demás carecen. —La miró directamente a los ojos al inquirir—: ¿Con qué margen de error podemos localizarle en los momentos en que habla por teléfono?

—Menos de diez metros si es quien hace la llamada.

—¿Y si es quien la recibe?

—Unos quinientos.

—¡No está mal! —se congratuló el director de la agencia especial Centinela—. Nada mal. No cabe duda de que técnicamente disponemos de los mejores instrumentos, aunque luego tipos como Montana y Kowalsky nos jodan el invento. —Se volvió a su secretaria—. ¿Cuánto tiempo calcula que tardaría el Grupo de Acción Rápida del coronel Vandal en llegar hasta él a partir del momento en que localicemos su posición exacta? —quiso saber.

—¡Eso depende, señor! —fue la lógica respuesta—. El coronel siempre mantiene a sus hombres alerta y dispuestos para la acción, por lo que son capaces de salir hacia el objetivo de inmediato, pero el problema estriba en la distancia que les separe de ese objetivo.

—Pues resulta evidente que ahora el objetivo está en Las Vegas; por lo tanto quiero a Vandal y a un centenar de sus mejores hombres distribuidos por toda la ciudad con el fin de que en cuanto localicemos a ese hijo de puta caigan sobre él en cuestión de minutos.

—¿Con qué orden?

—Atraparle. Y si no pueden atraparle, matarle. Ya buscaremos otro doble, pero lo que no podemos permitir es que algún hijo de perra se apodere de éste.

—¿Matarle? —repitió ella ciertamente incómoda—. ¡Pero señor…! Que yo sepa ese infeliz no nos ha hecho ningún daño.

—No se trata del daño que nos haya hecho, Helen —fue la seca respuesta que no daba el menor margen a una mala interpretación—. Eso carece de importancia. Se trata del daño que pueda hacernos en un futuro.

Ali Bahar dormía, agotado, en lo más denso de una zona de árboles y matorrales.

Le despertó un golpe seco, y al abrir los ojos descubrió lo que en un principio le pareció un huevo, muy blanco y muy redondo.

Miró hacia lo alto buscando el nido del que podría haberse caído pero no descubrió nada, por lo que se apoderó de él y lo mordió con ansia.

Al momento lanzó un reniego puesto que resultaba increíblemente duro.

Insistió pero no consiguió nada, lo golpeó contra una piedra pero descubrió que no se rompía y al observarlo más de cerca advirtió que tenía impreso un pequeño anagrama que no se sintió capaz de descifrar.

Al poco se puso de rodillas con el fin de otear el exterior pero de inmediato se agachó de nuevo para quedar sentado en mitad de la espesura, agitando la cabeza sinceramente atónito.

Por último se decidió a extraer el socorrido teléfono móvil con el evidente fin de pedir consejo.

Cuando el anciano Kabul le respondió al otro lado, comentó con voz trémula:

—¿Padre? Estoy en un sitio muy raro: los huevos son duros como piedras y llueve hacia arriba.

—Entiendo que los huevos puedan ser duros, hijo, pero ¿qué quieres decir con esa otra afirmación de que «llueve hacia arriba» —quiso saber su progenitor en tono de clara y en cierto modo quejumbrosa reconvención—. ¿Dónde se ha visto que llueva hacia arriba?

—Aquí, querido padre. Aunque te cueste creerlo el agua surge del suelo, llega muy alto y vuelve a caer.

—¿Estás seguro?

Ali Bahar volvió a asomarse por encima de los matorrales con el fin de observar una vez más y con mayor detenimiento el inmenso campo de golf que se extendía ante su vista y en el que cuatro jugadores golpeaban sus respectivas bolas mientras una gran cantidad de invisibles aspersores lanzaban chorros de agua que se convertían en una especie de fina lluvia que a continuación caía suavemente sobre la mullida hierba.

—Estoy completamente seguro.

—¿Y cómo puedes estar tan seguro de que llueve hacia arriba con esta oscuridad?

—¿Oscuridad? —se sorprendió Ali Bahar—. ¿De qué oscuridad me hablas? Hace sol, el día es precioso, los pájaros cantan, llueve de abajo arriba y todo está muy verde.

En su jaima del desierto el desconcertado Kabul se echó una manta sobre los hombros, salió al exterior, comprobó que era noche cerrada, extendió la mano hasta cerciorarse de que no caía ni una gota de agua y al fin masculló con voz airada:

—¿Por qué te empeñas en burlarte de tu anciano padre? Es de noche y hace años que no llueve. Y mucho menos hacia arriba. ¿Quién ha visto que llueva al revés?

—Lamento irritarte, padre. Sabes que te respeto más que a nadie en este mundo, pero te estoy diciendo la verdad.

—¡Ah, sí! —replicó el otro en tono irónico—. ¿Y qué es lo que crece con esa lluvia: patatas, tomates, cebollas, lechugas, ajos o pimientos…? ¿Y cómo crecen: de arriba abajo o de abajo arriba? ¿Acaso los árboles tienen la copa enterrada y las raíces al aire?

—No, padre. No crece nada. Sólo hierba. Sólo es una inmensa extensión de hierba muy verde y muy jugosa. Da gusto verla

—¿Y cuántas cabras pastan en esa hierba?

—Ninguna.

—¿Ninguna? —repitió el viejo beduino—. ¿Pretendes hacerme creer que estás viendo una gran extensión de hierba en la que no hay cabras? ¿Ni camellos? ¿Ni vacas?

—¡Ni siquiera conejos…! —replicó su hijo con cierta timidez—. Lo único que veo son personas que golpean con un palo una pelota y se enfadan cuando no consiguen meterla en un pequeño agujero.

—¿Y para qué hacen eso?

—¡No tengo ni la menor idea! Pero cuando lo han conseguido la sacan con la mano y la golpean de nuevo para ir en busca de otro agujero que está mucho más lejos, más allá de los árboles.

—¿Y no les resultaría más sencillo meterla en el agujero con la mano y sacarla luego con el palo? Nunca imaginé que el mundo de los muertos fuera tan raro… —Reparó en los eternos gestos de Talila y añadió—: Tu hermana te recuerda lo de los pendientes.

—Los estoy buscando —le hizo notar Ali Bahar—. Pero cada vez lo veo más difícil porque aquí la gente hace unas cosas muy raras y me da la impresión de que quieren matarme.

—¿Y quién quiere matar a un muerto?

—Te repito que no estoy muerto —se lamentó amargamente su hijo por enésima vez—. Tengo un hambre de lobo porque no como nada desde que salí de casa, orino normalmente, y sobre todo tengo miedo porque no entiendo nada de lo que ocurre. —Lanzó un corto resoplido para concluir—: Y ésas son cosas que supongo que no les suceden a los muertos.

—¡No! Supongo que no —admitió tras meditar sobre el tema el bueno de Kabul Bahar—. Los muertos en ocasiones asustan, pero nunca tienen miedo puesto que ya no les puede pasar nada peor.

—No sabría qué decirte... —le hizo notar su abatido hijo—. Se dice que los muertos duermen un sueño eterno, pero te garantizo que lo que yo estoy viviendo es una auténtica pesadilla.

—¿Qué te dijo el imam?

—¿Imam? ¿Qué imam? Tal como me indicaste entré en el edificio más alto, pero tengo la impresión de que aquello no era una mezquita puesto que según me han contado en las mezquitas hay que quitarse los zapatos, y allí todos los llevaban puestos.

—¡No es posible! ¡Pero eso es casi una profanación...!

—Puede que lo fuera, pero allí nadie se arrodillaba a rezar. Se sentaban frente a unas máquinas parecidas al panel del coche en que me llevaron, todas llenas de luces.

—¿Y qué hacían?

—Introducían monedas, apretaban unos botones y mascullaban porque supongo que la moneda debería ser falsa y la máquina nunca se la devolvía. Entonces maldecían por lo bajo e introducían otra.

—¡Debe tratarse de gente muy estúpida!

—Mucho, puesto que lo más curioso es que, cuando de pronto, una de las máquinas empezaba a escupir montones de monedas que debían ser buenas, en lugar de llevárselas, volvían a introducirlas y volvían a maldecir. —Hizo una corta pausa—. Sobre todo las mujeres.

La joven Talila, que como siempre se había aproximado con el fin de pegar el oído a la mejilla de su padre para no perder detalle de la conversación, no pudo por menos que inquirir visiblemente sorprendida:

—¿Había mujeres en la mezquita?

—Ya he dicho que no creo que aquello fuera una mezquita. Y sí que había mujeres. Más que hombres.

—¿Y cómo iban vestidas?

—Con todo a la vista. Bueno… casi todo.

—¿No llevaban velo?

—Ni velo, ni nada.

—¿Y sus maridos las dejan andar por ahí poco vestidas y con el rostro descubierto?

—¿Y qué quieres que te diga? Tengo la impresión de que aquí las mujeres mandan más que los hombres. Incluso hubo una que me agarró por el brazo sin conocerme.

—¡No puedo creerlo!

—¡Pues créetelo, pequeña! ¡Créetelo! Aquí suceden las cosas más extrañas que puedas imaginar, y si esto es el paraíso como asegura nuestro padre, que venga Dios y lo vea…

—¡No blasfemes!

—No lo haré, aunque no será por falta de ganas, puesto que Alá me está sometiendo a una prueba demasiado dura y a veces temo que mi mente no está en condiciones de soportar cuanto me ocurre.

—Debes continuar confiando en él, puesto que todo cuanto ocurre sobre la faz de la Tierra tiene una razón de ser y el Señor siempre sabe lo que hace... —puntualizó la joven Talila en un tono que denotaba la sinceridad de su fe y la profundidad de su convencimiento.

—Pues si sabe lo que hace, me temo que se trata de un Ser Supremo de lo más cruel y caprichoso —rezongó su malhumorado hermano—. ¿Por qué consiente que aquí se derroche el agua hasta el punto de que llueve hacia arriba, mientras que desde que el mundo es mundo en nuestra tribu nos morimos de hambre por falta de agua con que regar nuestros campos?

—Tal vez se deba a que quienes habitan en ese lugar en que ahora te encuentras no creen en Dios y por eso se les conceden tantos bienes. A cambio de ello a nosotros se nos ha concedido algo mucho más valioso: la fe que nos conducirá a la felicidad eterna.

Ali Bahar estuvo tentado de responderle a su dulce y devota hermana que se sentía más que dispuesto a cambiar un poco de fe por una de aquellas masas de agua cristalina que había visto la noche antes, o por la lluvia que nacía del suelo, pero llegó a la conclusión de que no era aquél el lugar ni el momento apropiados para enzarzarse en una compleja discusión teológica, por lo que optó por señalar:

—Tal vez tengas razón, pequeña, y éste sea un pueblo abocado a la condenación eterna, pero resulta evidente que, de momento, parecen vivir cómodamente. —Hizo una corta pausa para añadir—: Y ahora tengo que cortar porque alguien se acerca. ¡Que tengáis un buen día!

—¡Que tengas una buena noche, hijo! —fue la desconcertante respuesta del anciano que, cosa rara en él, llevaba largo rato en silencio.

Ali Bahar apagó el aparato y se ocultó en lo más profundo de la espesura porque en esos momentos una pareja compuesta por una señora algo madura y un caddy muy joven se aproximaban fingiendo estar buscando una pelota perdida, pero en cuanto se adentraron en la espesura comenzaron a besarse apasionadamente para acabar revolcándose sobre la hierba de un claro que se abría a pocos metros de distancia.

El beduino aguardó paciente, escuchó los arrumacos de la pareja y comenzó a arrastrarse en dirección contraria, alejándose hasta desembocar en un calvero al otro lado del cual se alzaba una pequeña casa cuya puerta se encontraba abierta de par en par.

Escuchó, se aproximó, aguardó largo rato hasta cerciorarse de que no había nadie en el interior y cuando llegó a la conclusión de que no podían verle se deslizó dentro.

El lugar apestaba a sudor y aparecía repleto de armarios metálicos, pequeños bancos, media docena de mesas y sillas, algunos carros repletos de palos de golf y una larga hilera de perchas de las que colgaban varias gorras de distintos colores y toda clase de ropa.

En un rincón una de aquellas extrañas cajas que había visto la noche anterior permanecía encendida pero con el sonido muy bajo, y lo primero que llamó la atención del intruso fue el hecho de que la pantalla se encontraba ocupada por un individuo que se le parecía extraordinariamente, y que sobre una raída alfombra en lo que parecía una cueva mascullaba algo inaudible mientras aferraba con fuerza una pesada metralleta.

A los pocos instantes, y como por arte de magia, el mismo individuo se encontraba en pie, al aire libre y rodeado de una veintena de lo que a Ali Bahar se le antojaron bandidos que disparaban al aire modernos fusiles de repetición, y casi sin sucesión de continuidad surgió un niño muy rubio que bebía de una botella color naranja y sonreía alegremente sin tener en cuenta que por aquellos andurriales merodeaba gente armada y de aspecto más que inquietante, por lo que se arriesgaba a que le pegaran un tiro.

Cuando al poco rato el lugar del niño fue ocupado por un hombrecillo que no paraba de hablar, Ali Bahar decidió desentenderse de aquella extraña y sorprendente caja que conseguía hipnotizarle, para dedicar todos sus esfuerzos a buscar algo de comer.

No lo encontró, pero al ver la ropa colgada de las perchas, decidió que no le vendría mal cambiar su aspecto, en exceso parecido al del personaje que acababa de ver, por otro más acorde con las gentes con las que se había tropezado la noche antes por las calles, por lo que se despojó de la mugrienta chilaba y el largo turbante, sustituyéndolos por un mono verde y una roja gorra de visera.

Descalzo, barbudo y desgreñado, su aspecto no había mejorado en absoluto, quizá más bien todo lo contrario, pero íntimamente abrigaba la absurda esperanza de que a partir de aquel momento pasaría inadvertido entre la multitud de extraños viandantes.

Diez minutos más tarde distinguió a través de la ventana cómo una docena de hombres de negro uniforme, armados hasta los dientes, se deslizaban entre la espesura con exageradas muestras de precaución, hasta coincidir en el punto que él había abandonado poco antes, y al barruntar que venían en su busca se apresuró a abandonar sigilosamente los terrenos del campo de golf, perdiéndose de vista por entre la arboleda.

Apenas lo había hecho el coronel Vandal, jefe del Grupo de Acción Rápida de la agencia especial Centinela, dejó de reptar como un lagarto para ponerse en pie de improviso y ordenar:

—¡Alto! ¡Que nadie se mueva!

La jugadora de golf, que se encontraba de rodillas y con la frente apoyada en la hierba, cerró instintivamente los ojos al tiempo que lanzaba un desesperado lamento:

—¡Dios santo! ¡Mi marido!

El aterrorizado caddy, que permanecía igualmente de rodillas trabajando con ahínco a sus espaldas cesó en sus esfuerzos amatorios, alzó la mirada, recorrió uno por uno los agresivos rostros de la media docena de fornidos individuos que le apuntaban directamente con sus enormes armas y se limitó a inquirir con un hilo de voz:

—¡Pero bueno! ¿Cuántas veces te has casado?

En la luminosa habitación de un discreto y hasta cierto punto coqueto hospital de las afueras de Las Vegas, Marlon Kowalsky y Nick Montana, ambos con una pierna en alto, y el segundo con un collarín y un brazo en cabestrillo, ocupaban camas vecinas, y pese a que aparecían cubiertos de arañazos y magulladuras, se veían obligados a sufrir estoicamente la feroz reprimenda de un furibundo Philip Morrison.

—¡Habrase visto semejante par de imbéciles! —rugía el desquiciado director general de la agencia especial Centinela—. ¿A quién se le ocurre permitir que unos salvajes se apoderen de sus teléfonos? ¿Tenéis idea de la que están organizando esos hijos de mala madre?

—¡Pero jefe! —se lamentó amargamente el primero de los accidentados sintiéndose víctima de una inaceptable injusticia—. Usted nos ordenó que lo trajésemos costara lo que costase, y ése era el único modo que encontramos de que aceptara.

—Pues en menudo lío nos habéis metido —balbuceó el otro—. ¡Un verdadero desastre!

—¿Y qué culpa tenemos de que el avión se perdiese? Por cierto, ¿lo han encontrado?

—¡En el fondo de un lago del sur de Canadá! Y no es que tuviesen poca gasolina; es que cuando sonó el maldito teléfono el ordenador de a bordo se desquició y todo comenzó a marcar erróneamente...

—¡Menos mal! —suspiró Nick Montana—. Estaba francamente preocupado por la suerte de esos chicos.

—Pues están a salvo gracias a que en el último momento se lanzaron en paracaídas, pero como no iban vestidos para la ocasión están medio congelados. Pero lo peor no es eso; lo peor es que ahora muchos empiezan a sospechar que somos nosotros quienes hemos traído a ese cretino para hacerle pasar por Osama Bin Laden... Y no quiero ni imaginar lo que ocurriría si la prensa lo encontrase antes que nosotros.

—¡Pues mande a alguien en su busca en cuanto suene el teléfono! Lo pueden localizar de inmediato.

—¿Y qué crees que hemos hecho? —quiso saber el cada vez más malhumorado Philip Morrison—. Puse en alerta al Grupo de Acción Rápida, pero llegaron demasiado tarde, y lo único que encontraron fue a un macarra uruguayo tirándose a la esposa de un senador por Oregón.

—¿Barbara McCraken? —quiso saber de inmediato un interesado Nick Montana.

—¿La conoces?

—Todo el que haya pisado un campo de golf al oeste de Oregón conoce a Barbara McCraken... —intervino en tono abiertamente irónico Marlon Kowalsky.

—¿Y eso a qué se debe?

—A que el suyo es el único hoyo que hasta el más inexperto jugador es capaz de embocar a la primera.

—Tú siempre tan caballeroso y delicado —le recriminó su compañero de habitación que aparecía a todas luces molesto y casi hasta ofendido—. Y te he pedido mil veces que no menciones a Barbara.

—¡Oh, vamos, Nick! —le espetó el otro—. ¿Cómo puedes seguir suspirando por semejante golfista buscapelotas? Siempre se las ingenia para tirar la bola a la zona más espesa del matorral, y una vez allí, en vez de una, encuentra dos. ¡Y con el palo incluido!

—Te aprovechas de que me he dislocado el tobillo, porque de lo contrario te ibas a enterar de...

—¡Ya está bien! —les interrumpió su desconcertado jefe—. Me importan un rábano las aficiones golfísticas o de cualquier otro tipo de la señora McCraken—. Tenemos que borrar del mapa a ese beduino, y por lo tanto he ordenado que en cuanto localicen la señal de su teléfono le envíen una «paloma mensajera».

—¿Una «paloma mensajera»? —repitió escandalizado Marlon Kowalsky—. ¿Está dispuesto lanzarle a ese infeliz una «paloma mensajera centinela 14» de las de verdad?

—¡Y tan de verdad! Y no una «centinela 14», sino una auténtica «centinela 17» de última generación, con un margen de error de apenas un metro.

—¡Qué barbaridad!

—En cuanto vuelva a conectar ese maldito aparato y hable más de tres minutos le localizaremos y le mandaremos el regalo de tal modo que en un abrir y cerrar de ojos ese sucio terrorista habrá desaparecido del mapa.

—¡Pero no se trata de un sucio terrorista! —le hizo notar el otro—. No es más que un pobre cabrero, ¡muy sucio, eso sí!, que debe sentirse aterrorizado porque no entiende nada de cuanto le está ocurriendo en un país extraño en el que todo el mundo le acosa.

—Y si no es terrorista, ¿por qué emplea una clave indescifrable? —le espetó en tono agresivo Philip Morrison como si se tratara de una verdad incuestionable—. ¿Eh? ¿Por qué?

—No se trata de ninguna clave indescifrable —fue la lógica respuesta del hombrecillo del tobillo dislocado—. Es su dialecto. Ese pobre hombre no habla más que *khertzan*.

—Pues ya conoce las normas de la agencia: todo el que no hable inglés es sospechoso de terrorismo. Y el que hable un idioma que no entendemos, culpable.

—Un poco drástico, ¿no le parece?

—No; no me lo parece. Es la forma de pensar del presidente Bush: se está con la invasión de Irak y por lo tanto con nosotros, lo cual quiere decir que se habla como Dios manda, o no se está con la invasión de Irak y contra nosotros, y a ése hay que darle caña.

—No creo que sea demasiado justo.

—En nuestra profesión no hay lugar para la justicia —fue la dogmática respuesta—. ¡Ni para la compasión! Tenemos que acabar con ese cabrero y borrar toda huella de su existencia antes de que alguien lo encuentre, comience a atar cabos y nos arruine los planes futuros.

Extrajo del bolsillo de la camisa un cigarrillo y un diminuto mechero, pero en el momento en que hizo ademán de encenderlo Nick Montana le suplicó:

—No, por favor, jefe... ¡No lo haga! Aquí no se puede fumar.

—¡Vete al carajo y déjame en paz con tantas prohibiciones! —casi rebuznó su superior que a duras penas mantenía el control sobre sus nervios—. Ya tengo bastante con las broncas que me organizan la histérica de mi mujer y la cretina de mi secretaria. En los momentos de crisis necesito fumar. Es lo único que me calma los nervios.

Prendió el cigarrillo, le dio una larga calada, cerró los ojos como si le estuviera invadiendo un profundo placer, pero casi de inmediato los sensores de humo se pusieron en marcha y del techo comenzó a caer una densa cortina de agua mientras Nick Montana mascullaba entre dientes:

—¡Se lo advertí! Aquí dentro no se puede fumar.

Un perro de aspecto triste y largas orejas aparecía tumbado ante su destartalada caseta en el momento en que un gordo cocinero hizo su aparición en la puerta posterior del cochambroso restaurante que se elevaba, mugriento, desconchado, astroso y solitario, al borde de una solitaria y polvorienta carretera comarcal, con el único propósito de depositar en el plato del chucho un maloliente montón de desperdicios.

En cuanto el gordo desapareció por donde había venido, el animal comenzó a devorar la repugnante bazofia con manifiesto apetito hasta que de pronto un ruido llamó su atención, alzó el rostro y lo que vio debió aterrorizarle puesto que de inmediato emitió un leve lamento y acudió a buscar refugio en su caseta con el rabo entre las piernas.

No era para menos; lo que había visto no era otra cosa que al beduino Ali Bahar que había surgido de entre los setos que separaban el diminuto patio trasero del restaurante de un bosquecillo cercano.

Y es que Ali Bahar, que había hecho su aparición descalzo y vistiendo un mono verde que apenas le alcanzaba a las pantorrillas, con la negra barba que le llegaba hasta la mitad del pecho, y cubriéndose la alborotada pelambrera con una roja gorra de estrecha visera demasiado pequeña, era como para ponerle los pelos de punta a un doberman.

El recién llegado tomó asiento en el escalón de la puerta para dedicarse a engullir sin el menor reparo ni gesto de repulsa el hediondo comistrajo de un perro que le observaba sin osar intervenir, y mientras comía con envidiable apetito, como si semejantes desperdicios fueran lo mejor que se había llevado nunca a la boca, su vista recayó en un periódico que aparecía justo junto a la basura y en cuya primera plana se distinguía una enorme fotografía de Osama Bin Laden al que algún gracioso le había pintado unos grandes cuernos y un tridente.

Lo tomó, lo observó con especial detenimiento pese a que no podía entender nada de cuanto allí se decía, y al fin extrajo el teléfono para marcar la tecla que sabía que le comunicaba con su casa.

—¡Buenos días, padre! —saludó con su habitual cortesía—. ¡O buenas noches, según te plazca!

—¡Buenas noches, hijo!

—¡Raro sería que nos pusiéramos de acuerdo! Espero que alguna vez acierte y coincidamos... —Hizo una corta pausa mientras concluía de mondar un hueso ya más que mondado para añadir al poco—: Perdona que te moleste si estabas durmiendo, pero es que tengo que hacerte una pregunta bastante importante y delicada... —Aguardó de nuevo como si le costase un gran esfuerzo lo que iba a decir, pero acabó por decidirse—. ¿Recuerdas si de joven tuviste alguna aventura en la capital?

—¿Qué clase de aventura?

—Amorosa, naturalmente.

—¿Y a qué viene semejante pregunta? —quiso saber el anciano en tono áspero y casi ofendido—. No creo que sea el momento más oportuno para hablar de mi pasado.

—¡Desde luego que no, padre! —admitió un compungido Ali Bahar—. Y de nuevo te pido disculpas, pero es que he descubierto que aquí existe un tipo que parece mi hermano mayor y al que todo el mundo anda buscando porque por lo visto le tienen bastante manía.

—¿Hermano...? —se escandalizó el anciano—. Pero ¿qué tonterías dices? Siempre he sido un hombre honrado. ¡Rotundamente, no!

—¡Qué raro! ¿Y mamá? ¿Tú crees que antes de conocerte mamá pudo haber tenido algún hijo?

—Pero ¿cómo te permites dudar de la honorabilidad de tu madre? —aulló el indignado Kabul—. ¿O de la mía? Los dos llegamos vírgenes al matrimonio...

—En ese caso no entiendo que pueda existir alguien tan increíblemente parecido a mí —musitó casi para sí mismo Ali Bahar.

Se hizo un corto silencio, y al poco, su viejo progenitor señaló casi ininteligiblemente:

—Ahora que recuerdo, tu madre tenía un hermano muy listo pero muy raro, que emigró siendo apenas un muchacho, y que por lo que me contaron se hizo famoso en Arabia.

—¿Famoso por qué?

—Por algo, aunque nunca supe exactamente a qué se dedicaba —reconoció el otro—. Desde que tu madre, que Alá tenga en su gloria, murió, dejé de tener contacto con su familia.

Ali Bahar, que le había dado lo poco que quedaba

del hueso al perro al que ahora acariciaba y con el que parecía haber entablado una buena amistad, meditó sobre lo que acababa de oír mientras prestaba atención porque le había llegado el desacompasado rumor del motor de un vehículo que al parecer se había detenido ante la puerta del restaurante.

—¿O sea que puede que este tipo sea mi tío, o tal vez mi primo...? —inquirió al poco.

—¡No te diría yo que no!

—¡Pues menuda gracia me está haciendo porque por su culpa la tienen tomada conmigo y no me dejan en paz!

En ese mismo instante Philip Morrison rugía por teléfono:

—¿En un restaurante a cuarenta millas de Las Vegas...? ¿Cuánto tardará en llegar? ¡De acuerdo! ¡Disparen! ¡He dicho que disparen! ¡Es una orden y yo asumo toda la responsabilidad!

Mientras tanto, al otro lado del mundo, y tumbado en su humilde estera, el preocupado Kabul quiso saber:

—¿Y no puedes hablar con alguien y explicarle el problema...? Tal vez la policía te ayude.

—¿La policía...? —se sorprendió su hijo—. En cuanto me ve un policía se desmaya o me dispara.

—¿Y eso por qué? No has cometido ningún delito.

—¡Naturalmente que no! Pero sospecho que me atribuyen los de ese individuo, sea o no mi tío o mi primo.

—Cuéntales la verdad.

—¿Y cómo lo hago? Todo esto me tiene muy desconcertado y no sé qué hacer ni a quién recurrir porque tengo la impresión de que aquí nadie habla nuestro idioma. —El pobre beduino lanzó un hondo suspiro con el que pretendía mostrar la magnitud de su desolación—. Y ahora voy a dejarte —añadió, aunque resultaba evidente que le dolía hacerlo—. Me está llegando un olor que me trae recuerdos maravillosos...

Colgó, acarició por última vez al perro, se puso en pie y comenzó a olfatear el aire como si efectivamente el más atrayente de los aromas acabara de asaltarle, por lo que siguió el rastro, girando en torno a la miserable casa para llegar a la siguiente esquina y enfrentarse a una herrumbrosa y despintada camioneta en cuya parte trasera se distinguían una gran jaula repleta de conejos y tres cabras.

Se aproximó a ellas, las acarició y acabó por hundir el rostro en el lomo de la mayor, aspirando profundamente como en éxtasis puesto que resultaba evidente que su olor le traía hermosos recuerdos de su vida pasada, sus largos nomadeos por el desierto y su perdido hogar.

—¡Oh, queridas, queridas mías! —exclamó alborozado—. ¡Qué alegría encontraros! ¡Sois la primera cosa civilizada que veo en tres días...! ¿Tú cómo te llamas? ¡Gracias, gracias! Yo también te quiero. ¿Éste es tu cabritillo? ¡Qué lindo! ¿Cuántos meses tiene?

Se interrumpió porque en la puerta del restaurante habían hecho su aparición un hombre y una mujer humildemente vestidos a los que perseguían el grasiento cocinero y un camarero igualmente malencarado hasta el punto que se les diría hermanos, y que blandían con gestos amenazadores sendos bates de béisbol.

—¡Fuera! —aullaba el primero—. ¡He dicho que fuera! Aquí no se admiten negros, hispanos ni árabes.

La pareja escapó aterrorizada en dirección a la camioneta, subió a ella y el hombre la puso en marcha mientras sus perseguidores continuaban haciendo gestos de estar dispuestos a apalearlos.

Cuando los hispanos comenzaban a alejarse el cocinero reparó en Ali Bahar, al que evidentemente no reconoció puesto que se aproximó esgrimiendo cada vez más amenazadoramente su arma.

—¡Y tú, fantoche! —le espetó furioso—. ¿De qué diablos vas vestido? ¡Lárgate también o te rompo la crisma!

Ali Bahar comenzó a retroceder seguido por los dos energúmenos que reían a carcajadas mientras intentaban rodearle, pero la camioneta se detuvo en esos momentos y la mujer le hizo señas para que se uniera a ellos.

—¡Venga, señor! —gritó en castellano—. ¡Venga! ¡Corra o ese par de bestias le descalabran! ¡Rápido!

Ali Bahar dudó unos segundos en reaccionar y a punto estuvo de echar mano al revólver de Marlon Kowalsky, pero pareció llegar a la conclusión de que aquélla no era la mejor solución a sus muchos problemas por lo que optó por encaminarse a la camioneta saltando a la parte posterior para ir a caer junto a sus amadas cabras y la jaula de conejos.

Su conductor metió la marcha, aceleró y el vehículo comenzó a alejarse entre una nube de polvo seguido por las risas de quienes se entretenían en lanzarles gruesas piedras.

—¡Fuera, fuera! —gritaban dando saltos como si aquello fuera lo más divertido que les hubiera ocurrido en mucho tiempo—. ¡Éste es un local decente en el que no se admite a una escoria semejante! ¡Como volváis por aquí os vamos a moler a palos!

Comenzaron a bailotear cogiéndose de los hombros, felices por su hazaña, pero de pronto enmudecieron puesto que se escuchó un amenazador silbido, algo cruzó sobre sus cabezas y una «paloma mensajera centinela

17» fue a reventar con tremendo estrépito sobre el cochambroso restaurante, que saltó por los aires convertido en astillas.

Los cascotes fueron a caer sobre el cocinero, el camarero y el triste perro que escapó entre aullidos, mientras sentado en la parte posterior de la camioneta Ali Bahar contemplaba la escena sin acertar a entender qué demonios había sucedido.

Un par de horas más tarde, al caer la noche, el desvencijado vehículo se había detenido en mitad del desierto, no lejos de una estrecha carretera comarcal por la que, muy de tanto en tanto, cruzaba algún que otro camión que dejaba a sus espaldas una nube de polvo.

Sobre las brasas de una pequeña hoguera se terminaba de asar uno de los conejos de la jaula, mientras Ali Bahar y la pareja de mexicanos aguardaban pacientes a que se encontrase a punto.

En un momento determinado, y justo cuando comenzaba a dividir la improvisada cena en trozos que iba colocando sobre descascarillados platos que en otro tiempo debieron ser muy hermosos, la mujer comentó en castellano, y como si en lugar de estar refiriéndose a su estrafalario invitado estuviera hablando de lo que iban a consumir:

—Tú mírale con disimulo —le pidió a su marido—. Pero fíjate con mucho cuidado, porque a mí que me da la impresión de que he visto a este tipo en alguna parte.

—¡Pero qué cosas tienes! —le reconvino el aludido—. Apenas llevamos dos semanas en Estados Unidos, hasta ahora no hemos visto más que coyotes, y ya empiezas a imaginar que conoces gente.

—No tiene una cara normal, con esa barba tan larga y esos ojos que parecen estar siempre echando fuego —insistió ella tercamente—. Por eso te repito que a mí esa cara me suena.

—No es más que uno de tantos gringos —insistió el pobre hombre al tiempo que le daba el primer mordisco a una humeante pata del conejo—. Basta con ver cómo va vestido.

—Tampoco tú vas como para un desfile.

—Pero es que yo soy mexicano. Y pobre. Y a éste no se le entiende una palabra, por lo que resulta evidente que es americano.

—Tampoco entendíamos una pinche palabra de lo que decían los coreanos de la tienda de ultramarinos —le hizo notar ella.

—¡No es lo mismo! Y aquéllos eran amarillos y con cara de coreanos. Lo primero que tenemos que hacer es aprender inglés. —Se dirigió directamente a Ali Bahar al tiempo que señalaba una y otra vez el conejo y repetía con marcada insistencia—: ¡Conejo! ¡Conejo! ¿Cómo se dice «conejo» en inglés?

El interrogado se esforzó por prestar atención, dudó un corto espacio de tiempo, pero al fin pareció comprender qué era lo que el otro quería saber porque respondió con la más luminosa de sus sonrisas:

—¡*Schac!*

—¿*Schac?* —repitió el hombre—. Conejo... *schac*.

Ali Bahar asintió una y otra vez satisfecho de haber dado el primer paso.

—*Conejo... schac.* —A continuación apuntó con el dedo a una de las cabras para añadir seguro de sí mismo—. ¡*Kelhí!*

—¿*Kelhí?* ¿Cabra... *kelhí*?

Nuevo gesto de asentimiento.

—Cabra... *Kelhí*.

El orgulloso mexicano se volvió a su esposa con el aire de quien ha conseguido un éxito fuera de toda duda.

—¡Lo ves! —exclamó—. Ya sabemos nuestras dos primeras palabras en inglés. Conejo es *schac*, y cabra *kelhí*.

La pobre mujer dudó unos segundos, pero al fin decidió aceptar lo que se presentaba a todas luces como una verdad incuestionable.

—Tal vez podríamos contratarlo como profesor de inglés... —aventuró al poco tiempo.

—¿Y cómo le pagamos?

—Con comida —fue la rápida respuesta—. Por lo que se ve, debe estar muerto de hambre.

—¡No puedes pagarle a alguien tan sólo con comida! —se indignó el otro.

—¿Por qué?

—Porque no somos gringos contratando inmigrantes clandestinos. —El mexicano agitó la cabeza en un claro gesto de disgusto al añadir—: Mal empezamos si en tan poco tiempo ya se te han pegado las peores costumbres del país.

—«Dondequiera que fueres, haz lo que vieres.»

—Pero no lo malo. ¿Con qué cara podremos reclamar el día de mañana nuestros derechos laborales si somos los primeros en no respetar los de los demás?

Parecía dispuesto a insistir en un tema que se le antojaba de primordial importancia, pero se interrumpió al advertir que Ali Bahar acababa de sacar del bolsillo la gruesa cartera que había pertenecido a Marlon Kowalsky con el fin de extraer un grueso fajo de billetes, que mostró golpeándose repetidamente el pecho al tiempo que señalaba primero la cabra y a continuación los aretes que colgaban de la oreja de la mujer.

—¡Ali Bahar! *¡Kelhí, Chatuca!*

—¿Qué dice? —quiso saber ella—. A mí el acento inglés de este tipo cada vez me suena más raro.

—Es que debe ser de Londres.

—¿Y eso qué tiene que ver?

—Que los de Londres hablan un inglés diferente, del mismo modo que los gallegos hablan un español diferente —fue la sesuda explicación—. ¿Recuerdas que cuando los dueños de la Pensión Ourense discutían entre ellos nunca nos enterábamos de nada? Pues lo que habla este jodido gringo debe ser algo parecido.

—En ese caso, ¿para qué diablos queremos aprender su puto inglés de Londres si nadie nos va a entender? —inquirió con indiscutible buen criterio la desconcertada mujer para añadir de inmediato—: ¡Y te repito que yo he visto antes a este pendejo!

—¡No seas pesada, mujer! ¿Dónde diablos puedes haberle visto? ¡Y está muy claro lo que quiere: dice que se llama Ali Bahar, y que quiere comprarnos la cabra y tus zarcillos!

—¿Y cuánto ofrece?

—¡Tres billetes de cien dólares por la cabra! ¡Una auténtica fortuna!

—¡La puta que le parió! Pregúntale si no quiere comprar también los conejos. Y hasta mis bragas si le gustan.

—¿Y para qué demonios va a querer un gringo, aunque sea de Londres, los conejos y tus bragas?

—¿Y para qué demonios quiere un gringo, aunque sea de Londres, una cabra y mis zarcillos?

—No lo sé, pero fíjate que por los zarcillos sólo nos ofrece tres billetes de a dólar.

—¿Trescientos dólares por una cabra escuálida y

sólo tres por unos preciosos pendientes de plata repujada? —se indignó ella—. ¡Este hijo de la gran chingada es un estafador!

—¡Tranquilízate, mujer! —le rogó el otro—. No parece un estafador. ¿A quién carrizo iba a estafar con esas pintas? Sospecho que lo que ocurre es que como todos los billetes de este país son del mismo tamaño aún no ha aprendido a distinguirlos. Para él debe significar lo mismo un uno que un cien.

—Pues si de verdad es gringo ya debería saber distinguirlos porque anda que no hay diferencia.

—Mucha, en efecto, pero lo que importa es que vamos a venderle una cabra esquelética y unos viejos pendientes por trescientos tres dólares, y eso, a mi modo de ver, es un negocio de putísima madre.

—En eso tienes razón. ¿Por qué no nos vamos a Londres a hacernos ricos? ¿Tú crees que allí todos serán igual de brutos?

Ciertamente, jamás consiguieron conocer la respuesta a tal pregunta, pero a la mañana siguiente, y mientras Ali Bahar se alejaba desierto adelante seguido por la cabra, y en el instante en que se volvía para decir adiós con una mano en la que agitaba, triunfante, los zarcillos de plata, la insistente mujer que agitaba de igual modo la mano en señal de despedida, exclamó feliz consigo misma:

—¡Ya sé dónde lo he visto!

—¡Y dale!

—Ahora estoy segura. Es ese tipo de la barba, que lleva un sombrero muy alto, rojo y blanco, y que siempre señala con el dedo diciendo: «¡América te necesita!».

—¿El Tío Sam? —se asombró su marido.

—¡El mismo! En El Paso había montones de carteles con su foto.

—¡Caray! No cabe duda de que si no es de Londres, sino que se trata del Tío Sam, América necesita toda la ayuda del mundo. Si así están las cosas por aquí, creo que será mejor que nos volvamos a México.

No demasiado lejos de allí, aunque podría decirse que casi en otro mundo u otra galaxia, tres elegantes ejecutivos y una joven y atractiva reportera algo cursi y redicha, Janet Perry Fonda, se acomodaban en mullidos sillones en torno a la redonda mesa de caoba de un gigantesco despacho acristalado de los estudios del Canal MWR 7 de Los Ángeles, contemplando en un enorme receptor la escena —captada por las cámaras de seguridad de un casino de Las Vegas— en la que Ali Bahar avanzaba por entre infinidad de máquinas tragaperras y al fin se organizaba un tremendo alboroto en el que docenas de jugadores de ambos sexos y todas las edades rodaban por el suelo luchando por apoderarse de las ingentes cantidades de dinero que escupían las máquinas tragaperras mientras un guardia de seguridad disparaba al aire.

En el momento en el que Ali Bahar alzaba un instante el rostro y se le distinguía con absoluta claridad, uno de los ejecutivos no pudo por menos que exclamar:

—¡Congela ahí! ¡Justo ahí! ¡Fijaos! Realmente es idéntico al hijo de la gran puta de Osama Bin Laden.

—A mí me parece algo más joven —señaló con su exquisita y remilgada dicción Janet Perry Fonda—. No mucho, pero lo suficiente como para que se note la diferencia.

—Con unas cuantas canas en la barba nadie la notaría —señaló el calvo de enormes orejas que se sentaba a su izquierda.

—Probablemente —admitió ella—. Nuestros maquilladores convertirían a ese tipo en el auténtico terrorista en menos de diez minutos.

—¿O sea que, según tú, se trata de un impostor? —quiso saber el jefe de los servicios informativos, un hombrecillo con cara de comadreja que se sentaba a su derecha

—¡Me temo que sí! Por lo visto alguien tiene la intención de hacerle pasar por el enemigo público numero uno.

—¡De acuerdo! —admitió el tercero de los presentes, que era quien había pedido que se congelara la imagen—. Pero ¿quién?

—Tal vez el mismísimo Osama Bin Laden —aventuró el dueño de las gigantescas orejas—. O tal vez el FBI, la CIA, o quizá, y a mi modo de ver mucho más probablemente, esa misteriosa agencia especial Centinelas de la Patria de la que todo el mundo habla, de la que nadie sabe nada, y que al parecer actúa sin ningún tipo de control parlamentario.

—Me inclino por esa última opción —señaló el jefe de los servicios informativos—. Es público y notorio que a raíz de la catástrofe de Nueva York el mismísimo presidente dio carta blanca a esa misteriosa agencia, y por lo que tengo entendido se están gastando el dinero a espuertas.

—Si, como se murmura, la dirige el hijo de la gran puta de Philip Morrison más vale que nos encomendemos al Altísimo —masculló en tono de evidente preocupación el orejudo—. Durante un año trabajamos juntos en Chicago y siempre le he considerado uno de los trepadores más inescrupulosos, pero también más ineptos, que me haya echado nunca a la cara.

—Si consiguiéramos desenmascararle tendríamos la noticia del año. Digna de un premio Pulitzer —señaló el que había hablado en primer lugar—. Pero me temo que una vez descubierto su juego intentarán hacer desaparecer a ese infeliz.

—¿Pero quién es, de dónde lo han sacado y para qué está aquí exactamente? —quiso saber Janet Perry Fonda.

—Ésas son las preguntas del millón, querida mía; las que todos nos hacemos, aunque algunos ni siquiera nos atrevemos a responder por miedo a que estemos en lo cierto.

—Dame una pista.

—¡Dios me libre!

—¿Y eso por qué?

—Porque hace tiempo que éste dejó de ser un país en el que cada cual podía decir abiertamente lo que sentía. Mi padre fue una de las víctimas de la llamada Caza de Brujas, cuando el más nimio pretexto bastaba para acusarte de simpatizante con el comunismo y te arruinaban la vida. Ahora, una simple frase puede hacer que te acusen de simpatizar con los terroristas, o de enemigo de Estados Unidos, y no estoy dispuesto a correr riesgos. No quiero volver al hambre y las angustias de mi infancia.

—Creo que exageras.

—A ese respecto, y en los tiempos que corren, más vale exagerar y salir bien librado, que quedarse corto y te coja el toro. —Sonrió con intención—. Ayer, sin ir más lejos, a un pobre anciano lo detuvieron porque se paseaba por un centro comercial luciendo una camiseta con un letrero contra la guerra.

—Sí, también yo lo he leído.

—Pues eso nunca pasaba en un país que siempre

había sido libre, y ni siquiera creo que haya ocurrido bajo algunos regímenes fascistas extranjeros. Bush lleva camino de convertirse en un dictadorzuelo y por lo tanto deberás ser tú quien se encargue de responder a la pregunta de quién es ese falso Osama Bin Laden y por qué está aquí.

—¿Yo? —se alarmó ella—. ¿Y por qué yo?

—Porque para eso te pagamos. Cuentas con todos los medios necesarios y pídenos cuanto necesites, pero averigua qué diablos hace ese tipo en Las Vegas antes de que los de esa maldita agencia lo hagan desaparecer.

—¡Menudo encargo!

—Admito que no te va a resultar fácil —le señaló el orejudo—. Pero por algo has sido designada Mejor Reportera del Año. ¡Demuestra que lo eres!

A miles de kilómetros de Los Ángeles, prácticamente al otro lado del mundo, el «auténtico» y genuino Osama Bin Laden se encontraba sentado al estilo árabe sobre una amplia pero raída alfombra, en el interior de una gigantesca y profunda cueva repleta de armamento y municiones.

Frente a él se sentaba de igual modo su lugarteniente, el astuto y escurridizo Mohamed al-Mansur, que en esos precisos momentos comentaba en tono de sincera preocupación:

—Los informes de nuestra gente en Estados Unidos no dejan lugar a dudas; alguien se está haciendo pasar por ti.

—¿Con qué objeto?

—Aún no lo hemos averiguado, pero de momento ha provocado la ruina de un casino de Las Vegas y ha volado un restaurante de carretera, aunque al parecer no ha habido víctimas.

—Pero ¿qué clase de broma es ésta? —se escandalizó el famoso y temido terrorista—. ¡Arruinar un casino y volar un restaurante de carretera! ¿Acaso es que ese tipo está pretendiendo desprestigiarme?

—Si es así, lo está consiguiendo —admitió afirmando una y otra vez con la cabeza su subordinado.

—Pero ¿por qué hace semejantes tonterías?

—Lo ignoro, pero resulta evidente que tus fieles empiezan a comentar que es una estupidez que arriesgues la vida de ese modo.

—Lo comprendo, y agradezco que se preocupen por mi seguridad, aunque me molesta que imaginen que en verdad pueda ser yo.

—Por otro lado no puedo ocultarte que a quienes en verdad creen que eres tú les ofende profundamente que, después de tanto tiempo, hayas sido visto de nuevo en un casino.

—Lo entiendo y lo acepto.

—Según ellos en esos lugares lo único que se encuentra es vicio y corrupción.

—Lamento tener admitir que a mi modo de ver en un casino también se encuentran emociones fuertes que para mi vergüenza en un lejano tiempo me atrajeron en exceso, pero entiendo el punto de vista de esas buenas gentes, por lo que debes apresurarte a tranquilizarles haciéndoles comprender que se trata de un impostor.

—¿Ordeno que lo maten?

—¡De momento, no! —fue la tajante respuesta—. Lo que tienes que hacer es capturarlo y traérmelo aquí.

—¿Aquí? —se sorprendió un confuso Mohamed al-

Mansur que a menudo no conseguía entender los designios de su jefe y guía espiritual—. ¿Aquí para qué?

—Para obligarle a grabar un vídeo en el que explique las razones por las que hace lo que hace.

—¿Y qué conseguiríamos con eso?

—Ganar la batalla de la imagen, que es de lo que en verdad se trata. Alguien intenta desprestigiarme, y sospecho que ésta no es más que otra de las sucias maniobras de la agencia especial Centinela.

—¿O sea que, según tú, quien ha montado todo este tinglado no es otro que el cerdo de Philip Morrison?

—¿Acaso no reconoces sus métodos?

—Admito que están en su línea.

—Fue mucho lo que nos enseñó, pero es uno de esos malditos tramposos que siempre se guarda una carta en la manga. Pero en estos años también yo he aprendido a ocultar mis cartas puesto que al fin y al cabo la mayor parte de las veces jugamos con las barajas que ellos nos dieron. —Osama Bin Laden hizo una corta pausa que dedicó a meditar en el problema que se le había planteado y al fin añadió—: Conociendo como conozco a Morrison, quiero suponer que, si en realidad es quien está detrás de todo esto, una vez descubierto el pastel lo único que le interesará es hacer desaparecer las pruebas de su ineptitud.

—¿O sea que por nuestra parte lo más inteligente que podemos hacer es proteger la vida de ese tipo?

—¡Tú lo has dicho! «El enemigo de tu enemigo tiene que convertirse en tu amigo.» Y un amigo muerto no nos sirve de nada.

Mohamed al-Mansur asintió una y otra vez como queriendo recalcar que había entendido perfectamente cuál era el problema y dónde estaba la mejor solución.

—Esta misma noche volaré a Los Ángeles —dijo—. Me ocuparé personalmente de que nuestra organización se ponga a la tarea de capturar a ese hombre y traerlo a tu presencia sano y salvo.
—¡Que Alá te guíe!
—¡Que Él te proteja!

Una serpiente se alzó amenazadora haciendo sonar sus cascabeles al paso de Ali Bahar, quien, sin alterarse un ápice, extrajo con absoluta parsimonia el pesado Magnum 44 de Marlon Kowalsky para volarle de un certero disparo la cabeza.

A continuación, y a la sombra de una alta roca, asó al apetitoso, nutritivo e imprudente ofidio sobre unos matojos, para comenzar a devorarlo con manifiesto apetito y absoluta normalidad mientras sorbía de tanto en tanto un cazo de leche de cabra.

La productora de esa leche se entretenía pastando entre unos matorrales a unos treinta metros de distancia.

Al concluir su satisfactorio almuerzo, Ali Bahar partió en dos una ramita, se limpió con ella los dientes y extrayendo los hermosos zarcillos de plata que le había comprado la tarde anterior a la mexicana se entretuvo en observarlos con aire satisfecho.

Al poco buscó el teléfono con el fin de llamar a su padre, y cuando éste le respondió al otro lado le saludó amablemente:

—¡Buenos días, padre, si es que ahí es de día! ¡O buenas noches, si es que por el contrario es de noche!

—¡Buenas noches!

—Tú mandas, porque no pienso discutir aquello que está fuera de mi entendimiento. Te suplico que le digas a la pequeña Talila que ya tengo los zarcillos que me pidió. Y que son muy bonitos; de plata repujada y el dibujo de un águila.

—Y tú, ¿cómo te encuentras?

—¡Muy bien! He comido hasta hartarme, he dormido como un tronco, orino normalmente, tengo una cabra que me proporciona leche en abundancia y aquí proliferan los lagartos y las serpientes, por lo que podría quedarme medio año sin problemas.

—¡Pero eso sería terrible! —se lamentó Kabul Bahar—. Las cabras te necesitan. Y tu hermana y yo también.

—Lo sé y no debes preocuparte. He estudiado la zona y creo que en dos o tres días de marcha hacia el sur, alcanzaré el campamento, con lo que todo volverá a la normalidad.

—Y si es así, ¿por qué no aprovechas para traerte una nueva esposa? —quiso saber en tono casi suplicante el anciano—. Sabes bien cuánto me gustaría conocer a mis nietos antes de morirme y por lo que veo tu hermana no parece dispuesta a dármelos.

—¡Pero papá! —protestó su primogénito—. ¿Por qué insistes con eso? ¿Cómo voy a encontrar una esposa con mi defecto?

—No tienes por qué decirle que tienes un defecto hasta que te hayas casado —fue la respuesta—. Todo el mundo tiene defectos y no anda propagándolos a los cuatro vientos. Sobre todo cuando se trata de algo tan delicado como encontrar una esposa.

—No me parece honrado —replicó su hijo—. Y ya

viste los problemas que me trajo con la pobre Amina.

—Al final se acostumbró.

—Muy al final —fue la amarga respuesta—. Además aquí nadie me entiende y todo el mundo me odia por culpa de mi tío, mi primo o quien quiera que sea ese maldito individuo que aparece hasta en la sopa.

—He estado echando cuentas y tiene que tratarse de un primo —reconoció el anciano convencido de lo que decía—. Tu tío, si es que aún vive, debe tener ya más de setenta años.

—Sea lo que sea, me trae a mal traer porque debe ser un mal bicho de mucho cuidado.

—No deberías hablar así de quien lleva nuestra misma sangre —le reconvino la prudente Talila, que había permanecido como siempre atenta a la conversación—. No debemos condenar a nuestros semejantes, sobre todo si carecemos de los suficientes elementos de juicio.

—Tú siempre tan comprensiva y generosa, pequeña —le replicó su hermano—. Admiro tu buen corazón, pero supongo que si tanta gente, por muy distinta a nosotros que sea, quieren ver muerto a un individuo que por lo que he podido comprobar se rodea de bandidos de horrenda catadura que se la pasan disparando al aire, por algo será.

—Mientras disparen al aire no le hacen daño a nadie —fue la lógica o ilógica respuesta, según quisiera mirarse.

—¡Es posible! —admitió no muy seguro de sí mismo Ali Bahar—. Pero el otro día pude comprobar que muy cerca se encontraba un pobre niño al que podrían haberle volado la cabeza.

—¿Y cómo lo viste? —quiso saber la incrédula Talila que evidentemente no sabía a qué demonios se refería—. ¿Acaso están ahí?

—Sí y no.

—¿Qué quieres decir con eso?

—Que no estaban físicamente y en tamaño real, sino como aprisionados dentro de unas extrañas cajas que aquí abundan, y al parecer te permiten ver cosas que están ocurriendo a una enorme distancia.

—Lo siento mucho, queridísimo hermano —se lamentó la pobre muchacha—. Te conozco desde que nací, pero por primera vez en mi vida no entiendo de qué me estás hablando.

—Extraño sería, pequeña, puesto que tampoco yo lo entiendo, y ya conoces ese viejo refrán de nuestro pueblo: «Tan sólo el ignorante se considera más sabio que el sabio, puesto que el sabio conoce los límites de su sabiduría, mientras que el ignorante desconoce los límites de su ignorancia» —fue la desconcertante respuesta—. Y te aseguro que yo, en estos momentos, desconozco cuáles son esos límites.

—¿Y cómo podría ayudarte?

—Si lo supiera, al menos sabría algo, pero también lo ignoro. Y ahora te ruego que os volváis a la cama y no os preocupéis por mí. Intentaré reflexionar sobre cuanto me ha ocurrido y tal vez encuentre alguna respuesta a tantas preguntas. ¡Buenas noches!

—¡Buenos días! ¡Que Alá te bendiga!

—¡Falta me hace!

Ali Bahar colgó y acomodó una piedra de modo que le sirviera de almohada tumbándose sobre la arena, cara al cielo, dispuesto a analizar cuanto le estaba sucediendo.

Ni había muerto, ni sufría alucinaciones, de eso estaba seguro.

Pero eso era de lo único que estaba seguro.

El resto escapaba por completo a su capacidad de entendimiento.

Por medio de alguna extraña brujería que no acertaba a explicarse, y por alguna inconfesable razón, que tampoco se explicaba, aquellos desconocidos le habían trasladado en un abrir y cerrar de ojos a un mundo diferente, del que lo menos aceptable resultaba sin duda el hecho inconcebible para cualquier mente normal, de que el día y la noche se hubieran alterado.

¿Cómo podía permitir Alá que algo tan antinatural sucediera cuanto resultaba evidente que había puesto toda su inmensa sabiduría al servicio de la creación?

Cuando las leyes por las que siempre se había regido la naturaleza se alteraban hasta el punto de transformar la noche en día y viceversa, todo carecía de sentido, y por lo tanto podía darse el caso de que lloviera hacia arriba, las casas reventaran sin razón aparente, o incluso el propio Ali Bahar se viera a sí mismo aprisionado en una pequeña caja en las que se aprisionaba de igual modo a hombres, mujeres, niños, animales e incluso paisajes.

Hasta el malhadado día en que los intrusos aparecieron ante la puerta de su jaima, la vida del infeliz pastor había seguido unas normas claramente delimitadas y se desarrollaba con una cierta lógica. Lo único que tenía que hacer era ver cómo amanecía cada mañana y se ocultaba el sol cada tarde mientras cuidaba de su anciano padre, su frágil hermana y su triste puñado de animales.

Y rogar para que lloviera.

De arriba abajo, como estaba mandado.

Fue feliz cuando conoció a su esposa y profundamente desgraciado cuando ella falleció de parto.

Vivía en paz consigo mismo puesto que siempre se había considerado un hombre de bien y jamás le había hecho daño a nadie.

Pero ahora mucha gente quería hacerle daño.

¿Por qué?

¿A qué venía semejante inquina si siempre había sido un buen hijo y un buen hermano y jamás mintió ni engañó?

¿Se debía tal vez a su defecto?

No. Presentía que se debía sin duda a su extraordinario parecido con su aborrecido primo, pero por más que se estrujaba el cerebro no acertaba a comprender por qué diabólica razón le habían ido a buscar a su humilde choza para trasladarle a un lugar tan absurdo y convertirlo en blanco de las iras de unas gentes a las que ni siquiera conocía.

Al cabo de un largo rato llegó a una primera conclusión que consideró bastante razonable: el problema no estribaba en que toda aquella gente odiara a su primo.

El problema estribaba en que le temían, y era cosa sabida que los hombres, como las bestias, cuando tienen miedo reaccionan de una forma a menudo inesperada e incontrolable.

De otro modo no se explicaba que aquel pequeño ejército de individuos uniformados de negro se moviera como lo había hecho en el campo de golf, puesto que cabría asegurar que en lugar de precipitarse sobre un único enemigo, o una pareja que se limitaba a hacer el amor, se encontraran acorralando a la más peligrosa de las bestias.

Resultaba evidente que su desconocido primo aterrorizaba a aquellas pobres gentes, y que era eso lo que les obligaba a comportarse de una forma tan irracional y desquiciada.

Mientras el por lo general inescrutable rostro de Ali Bahar, mostraba a las claras la magnitud de su amargura, preocupación y desconcierto, el rostro de Philip Colillas Morrison mostraba por el contrario una profunda felicidad puesto que, sentado en la taza del retrete del baño anexo a su despacho, fumaba plácidamente un largo cigarrillo y resultaba evidente que ese simple hecho constituía para el director de la agencia especial Centinela un placer sin parangón posible.

Al poco se escucharon golpes en la puerta y la áspera voz de su severa secretaria le devolvió a la amarga realidad.

—¡Señor! —masculló con su proverbial sequedad—. Le llaman desde el control central.

—¡Siempre tan inoportunos! —fue la respuesta—. Ahora estoy ocupado. Les llamaré en cuanto acabe.

Continuó con lo que estaba haciendo y cuando comprendió que estaba a punto de fumarse hasta el filtro, extrajo de un pequeño armario un frasco de ambientador perfumado con el que se afanó en la tarea de rociar cuidadosamente la estancia.

Tan sólo entonces regresó a su inmenso despacho, tomó el teléfono y marcó un número aguardando a que le contestaran al otro lado.

—¿Control central? —inquirió con el tono de quien se encuentra muy atareado y no tiene tiempo que perder—. ¿Qué diablos ocurre ahora?

—Hemos localizado al terrorista, señor —le respondieron de inmediato—. Acaba de hacer una llamada lo suficientemente larga.

—¿Está absolutamente seguro del lugar en que se

encuentra? —inquirió su interlocutor que ya contaba con una amarga experiencia.

—Con un margen de error de diez metros, señor —fue la firme respuesta que llegó del otro lado del teléfono.

—¿Y dónde esta?

—En pleno desierto, a noventa millas al suroeste de Las Vegas.

—¿Hay algo a su alrededor? —quiso saber el ahora realmente interesado Philip Morrison—. ¿Casas, restaurantes, un casino, una carretera o algún campo de golf?

—¡Absolutamente nada, señor!

—¿Me da su palabra?

—La tiene, señor. Las imágenes que nos envía el satélite indican que no se distingue un solo lugar habitado por lo menos en doce o quince millas a la redonda.

—En ese caso mándenle una «paloma mensajera» y acabemos con él de una vez por todas —carraspeó nerviosamente—. Y no se preocupe, yo asumo toda la responsabilidad.

Ajeno al serio peligro que corría por el hecho incuestionable de que una letal «paloma mensajera centinela 17» de matemática precisión acabara de iniciar el vuelo dispuesta a aniquilarle, Ali Bahar continuaba tumbado en el mismo punto del desierto de Nevada, meditando sobre su triste destino y las razones por las que al parecer la mayor parte de los habitantes de aquel extraño mundo le aborrecían.

Comenzaba a quedarse traspuesto cuando de improviso se irguió prestando atención puesto que le acababa de llegar, lejano e inconfundible, el monótono rugido de un motor.

Se puso en pie de un salto, trepó a la roca más cercana y al poco pudo distinguir, allá a lo lejos, la estilizada silueta de un negro helicóptero de combate que se aproximaba a gran velocidad.

Ali Bahar llegó rápidamente a la conclusión de que se trataba de la misma gente que había estado a punto de apresarle en el campo de golf, por lo que buscó a su alrededor, no descubrió refugio alguno y al fin optó por echar a correr trepando por las escarpadas laderas del cañón hasta llegar hasta la misma cima.

Allí se tumbó entre unos matorrales desde donde pudo observar con total nitidez cómo el amenazador helicóptero erizado de ametralladoras iba a posarse justo en el punto en que se había dedicado a reflexionar.

Rápidamente descendieron una decena de los mismos hombres vestidos de negro comandados por el mismo oficial de cara enrojecida y gruesa papada al que también había visto con anterioridad, y que se aproximó a la hoguera, con el fin de olerla y palparla con aire de experto para exclamar de inmediato:

—¡Las brasas aún están calientes! ¡Éste es el lugar! —A continuación hizo un gesto con los abiertos brazos señalando un amplio círculo a su alrededor—. ¡Desplegaos! —ordenó con voz de trueno—. ¡Vamos a cazar a ese maldito hijo de perra!

Desde su escondite, Ali Bahar lo observaba todo sinceramente preocupado, puesto que podía advertir cómo sus perseguidores se dedicaban a registrar minuciosamente cada rincón del cañón hasta cerciorarse de que no se encontraba ocupado más que por una triste cabra que se entretenía en ramonear pacientemente unos arbustos espinosos.

—¡Despejado al este! —gritó alguien.

—¡Despejado al oeste! —le respondieron.

—¡Despejado al norte! —concluyó una especie de eco impersonal.

El por lo general frío y calculador coronel Jan Vandal, que tanto en Vietnam como en Irak había adquirido justa fama por sus imparciales análisis de los problemas logísticos en combate, señaló decidido hacia la agreste cumbre que se alzaba frente a él para ordenar sin la más mínima sombra de duda:

—En ese caso hay que buscarlo en el sur. ¡Todos arriba, el dedo en el gatillo, y mucha atención! Ese canalla va armado y es extremadamente peligroso.

Sus hombres se lanzaron de inmediato a trepar ágilmente por las empinadas laderas mientras Ali Bahar los observaba convencido de que en esta ocasión no tenía escapatoria.

El piloto del helicóptero apagó el rotor, descendió y se alejó unos metros para comenzar a orinar contra una roca convencido de que semejante operativo militar poco o nada tenía que ver con él.

La cabra se aproximó para comenzar a olisquear el aparato probablemente en busca de un poco de agua.

Los hombres continuaban subiendo y registrando cada palmo de terreno sin perder detalle de cuanto ocurría a su alrededor.

Ali Bahar se supo definitivamente acorralado.

Súbitamente se escuchó un amenazador silbido, por lo que los experimentados comandos se apresuraron a lanzarse de cabeza al suelo, e hicieron muy bien, puesto que a los pocos instantes una «paloma mensajera centinela 17» cruzó el aire, para ir a impactar con matemática precisión sobre el vacío helicóptero, que saltó hecho pedazos lanzando al aire una columna de fuego y humo.

En cuestión de minutos se convirtió en un amasijo de hierros retorcidos y calcinados.

Al poco se escuchó la ronca voz del excitado coronel Vandal que ordenaba perentoriamente:

—¡Todos a cubierto! ¡Todos a cubierto! Nos atacan con armamento pesado. ¡Retirada, retirada!

Sus hombres obedecieron de muy buena gana echando a correr montaña abajo como alma que lleva el diablo para ir a buscar refugio entre las rocas del fondo de la quebrada al tiempo que intentaban averiguar desde dónde les llegaba tan feroz y fulminante castigo.

Durante unos minutos que a muchos se le antojaron años cundió el pánico y el desconcierto.

El propio Ali Bahar era sin duda uno de los más asustados y desconcertados, puesto que ni por lo más remoto podía imaginar por qué sorprendente razón en aquel desquiciado mundo y cuando nadie se lo esperaba, se escuchaba de improviso un agudo silbido y los edificios y las máquinas saltaban por los aires hechos pedazos.

Transcurrió un largo rato en el que nadie, ni arriba ni abajo, osara mover un solo músculo aguardando otro ataque.

Los miembros del Grupo de Acción Rápida agazapados y decididos a devolver el duro golpe en cuanto consiguieran averiguar dónde diablos se encontraba su peligroso enemigo.

Su «peligroso y estupefacto enemigo», tumbado entre los matojos de la cima de la colina.

Al fin el coronel Vandal se arrastró hasta donde se encontraba el hombre que portaba la radio a la espalda y le ordenó que le pusiera en contacto con el director general.

Cuando tras un par de intentos fallidos consiguió escuchar la voz de Philip Morrison, éste le impidió ponerle al corriente de cuanto había ocurrido, puesto que se había apresurado a señalar en un tono de evidente satisfacción:

—¡Olvídese del tema, coronel! Hemos localizado al enemigo y le acabamos de enviar un cariñoso regalo que me comunican que ha dado justamente en el blanco.

—Pues siento decirle que el blanco era negro, señor —fue la áspera respuesta no exenta de una amarga ironía.

—¿Qué quiere decir con eso? —se alarmó su interlocutor temiéndose, como siempre, lo peor.

—Que su famosa «paloma mensajera centinela 17» acaba de convertir en chatarra un flamante helicóptero Halcón Peregrino Centinela 3 valorado en setenta millones de dólares.

—¡No me joda, Vandal!

—Le juro que en estos momentos, si pudiera, lo haría —fue la brusca y poco respetuosa respuesta.

—¡Parte de bajas!

—Una cabra.

—¿Cómo ha dicho?

—He dicho una cabra, señor. Nosotros hemos perdido un helicóptero de setenta millones de dólares y el enemigo una cabra que no creo que valga más de diez. —Hizo una significativa pausa para concluir—: Como continuemos por ese camino, es más que posible que nunca consiga derrotarnos, pero sí llevarnos a la ruina.

—Usted siempre tan pesimista, Vandal —le recriminó su jefe—. Considérelo como simples «daños colaterales» y aplíquese a la tarea de acabar con ese malnacido que supongo que debe encontrarse muy cerca.

—Será difícil, puesto que empieza a oscurecer, pero espero conseguirlo esta misma noche. Eso contando con que usted no continúe ayudándole como hasta ahora, claro está.

—¡Cuente con ello! —le tranquilizó su avergonzado superior—. ¡Y avíseme en cuanto lo hayan liquidado definitivamente!

—¿Lo quiere muerto? —se sorprendió el coronel.

—¡No lo quiero de ninguna manera, Vandal! —fue la seca respuesta—. ¡Entiéndalo bien! Lo mejor que nos puede y «nos debe» ocurrir, es que ese maldito terrorista no salga jamás de ese desierto.

—¿Ni vivo ni muerto?

—Ni vivo ni muerto —fue la seca respuesta—. Le ordeno que le haga desaparecer para siempre hasta el punto de que nadie pueda encontrar jamás su tumba. ¿Ha quedado claro?

—¡Muy claro, señor!

—Pues manos a la obra.

La comunicación se interrumpió; el malhumorado coronel lanzó un soez reniego, le devolvió el auricular al operador de radio, comprobó que la noche se aproximaba a toda prisa hasta el punto de que ya apenas se distinguía la cima de la colina y por último señaló secamente:

—¡Visores nocturnos!

La orden se corrió con rapidez de un lado a otro del cañón en que sus hombres se ocultaban.

—¡Visores nocturnos!
—¡Visores nocturnos!
—¡Visores nocturnos!

Al fin una voz anónima señaló con una cierta timidez y una absoluta inocencia:

—¡Se quedaron en el helicóptero!
La frase regresó como un eco.
—¡Se quedaron en el helicóptero!
—¡Se quedaron en el helicóptero!
—¡Se quedaron en el helicóptero!
—¡La madre que los parió! —no pudo por menos que exclamar el furibundo jefe del grupo—. ¿Cómo es posible?
—¡Cosas que pasan!
—Pero los visores nocturnos constituyen una parte esencial en el equipo de un comando.
—No a las cinco de la tarde y en pleno desierto, señor —le hizo notar su segundo en el mando.
—¿Y eso a qué viene?
—A que usted ordenó que nos moviéramos lo más rápidamente posible y por lo tanto dejamos a bordo todo lo que en esos momentos no resultara imprescindible. —El pobre hombre hizo una corta pausa para concluir con un hilo de voz—: Incluidas las cantimploras.
—¿Incluidas las cantimploras? —repitió su desolado superior.
—Eso he dicho, señor.
—¿Significa que no tenemos…?
—Ni una gota de agua, señor.
—¿Y qué sugiere?
—Pedir que vengan a buscarnos, señor.
—Usted siempre tan pesimista, Flanagan.
—No es que sea pesimista, señor. Es que pronto será noche cerrada y al amanecer un tipo que se ha criado en el desierto y que por lo que hemos podido comprobar se alimenta de serpientes y leche de cabra, estará ya en Chicago.

Todos los clientes, incluidos los que jugaban al billar, se detuvieron en sus actividades para quedar pendientes del enorme televisor que se encontraba en lo alto. Al final de la larga barra, y en el que había hecho su aparición el popular rostro de Janet Perry Fonda, la Mejor Reportera del Año, que comenzó a hablar a medida que tras ella aparecían las imágenes a que estaba haciendo referencia.

«Éste es el vídeo privado de un casino de la ciudad de Las Vegas, en el que se puede advertir cómo, con tan sólo apretar un botón, el supuesto Osama Bin Laden volvió locas a las máquinas tragaperras. Cómo lo consiguió es algo que en estos momentos muchos expertos en el tema se continúan preguntando.»

Poco después surgió en la pantalla el rostro del policía motorizado con la cabeza aparatosamente vendada, que declaraba en tono airado: «Le bastó con mirarme para que sintiera un golpe en la nuca, por lo que quedé inconsciente durante más de tres horas».

Casi sin solución de continuidad el gordo, grasiento y ahora, al parecer, desolado cocinero, hizo su aparición ante los restos de su restaurante al tiempo que declaraba: «En el momento en que escapaba nos lanzó una extraña maldición y de inmediato se escuchó una explosión con lo que el negocio saltó por los aires. A mi modo de ver, ese hijo de mala madre es el diablo en persona».

Por último, la pantalla se llenó con el rostro del circunspecto coronel Vandal, que afirmaba con rotunda solemnidad: «Le teníamos acorralado cuando comenzaron a machacarnos con bombas incendiarias de gran potencia, lo que nos obligó a replegarnos puesto que el enemigo, al que no podíamos localizar, era evidentemente muy superior en número y armamento».

Tras Vandal cesó la catarata de distintas imágenes relacionadas con los últimos acontecimientos para quedar tan sólo en primer plano el rostro de Janet Perry Fonda que inquiriría mirando fijamente a la cámara:

«¿Quién es este hombre, de dónde ha salido, y qué extraños y casi sobrenaturales poderes le protegen? ¿Es un simple terrorista, o un peligroso impostor que se hace pasar por el auténtico Osama Bin Laden y mantiene un pacto con fuerzas desconocidas que le permiten obrar semejantes prodigios?».

Como buena profesional que era, con años de experiencia a las espaldas, hizo una corta pausa para dar tiempo a que los telespectadores asimilasen cuanto acababa de decir antes de añadir:

«Ésas son las preguntas que la opinión pública se hace y que mantienen en vilo a nuestros conciudadanos. ¿Dónde se encuentra ese hombre en estos momentos? ¿Por qué razón el gobierno guarda tan sospechoso silencio sobre este escabroso asunto? Si alguien le ve, que se mantenga alejado y se limite a avisar a las autoridades. Se supone que ellas sabrán lo que tienen que hacer».

Apuntó con el dedo directamente a la cámara en el momento de advertir casi mascando las palabras:

«¡Pero tengan mucho cuidado! ¡Ha demostrado ser un individuo sumamente peligroso!».

Ahora sonrió feliz y satisfecha de sí misma al concluir:

«Les habló Janet Perry Fonda para el Canal 7. Les mantendremos informados».

Uno de la docena de camioneros que se sentaban tras la barra y que habían permanecido muy atentos a cuanto se había dicho, apuró su cerveza para girarse hacia el gigantesco negro vestido de vaquero que se encontraba a su derecha y comentar:

—¡No me gustaría encontrarme con ese tipo por nada del mundo!

—¿Ni aunque te ayudara a desbancar un casino de Las Vegas? —quiso saber el otro.

—Ni aun así. Ya has oído lo que ha dicho el gordo; sin duda se trata del mismísimo diablo en persona.

—¡Y a mí que me cae bien! —fue la sorprendente respuesta.

Su interlocutor observó unos instantes a quien tenía delante sin sentirse capaz de disimular su perplejidad:

—¿Cómo que «te cae bien»? —inquirió—. Te recuerdo que se trata del mismísimo Osama Bin Laden, el hijo de la gran puta que, después del bombardeo de los japoneses en Pearl Harbor durante la última guerra mundial, más daño ha hecho a nuestro país.

—Si ese desgraciado es Osama Bin Laden, yo soy Cassius Clay —sentenció el camionero negro con absoluta naturalidad—. ¿Realmente crees que alguien que fue capaz de organizar lo que ese canalla organizó en Nueva York, y que por lo que cuentan los periódicos posee una de las mayores fortunas del mundo, se dedicaría a corretear por nuestro país arriesgándose a que cualquier desgraciado le corte el gaznate?

—Nunca se sabe de lo que es capaz de hacer un terrorista. Y no creo que tú seas más listo que los demás.

—No presumo de serlo, pero me consta que los terroristas suelen hacer cosas que provocan pánico, no gilipolleces.

—¿A qué gilipolleces te refieres?

—A hacer saltar las máquinas tragaperras de un casino propiedad de la mafia, permitiendo que un montón de estúpidos se lleven el dinero de esa pandilla de asesinos. A mi modo de ver las cosas, y te recuerdo que me paso la vida viajando a Las Vegas, ésa es una de las mayores gilipolleces que nadie haya hecho jamás.

—En eso puede que tengas razón. Esos italianos de chaqueta y corbata parecen muy finos y educados, pero en cuanto les tocas su dinero te cortan en rodajas como si fueras salami.

El negro asintió una y otra vez al tiempo que apuraba lo poco que le quedaba de su cerveza.

—Ese infeliz tiene de terrorista lo que yo de monaguillo... —insistió luego—, y apuesto a que acabará convertido en crema de cacahuetes sin que él mismo sepa por qué. Por eso me da pena y me cae bien.

—¿Y si no es Osama Bin Laden, quién demonios crees tú que es? —quiso saber el ahora dubitativo camionero.

—No tengo ni la menor idea —replicó el otro con absoluta sinceridad.

—¿Y por qué está en Las Vegas?

—¡Cualquiera sabe! Aunque en mi opinión y visto cómo funcionan las cosas en este país, no me sorprendería que en cualquier momento apareciese en esa misma pantalla anunciando una marca de copos de maíz. Imagínatelo cantando alegremente: «Si no quieres parecerte a Osama Bin Laden, desayuna cada mañana con los mejores cereales. Oklahoma Rainbow, el desayuno de las gentes de buena voluntad».

—¡Oye, pues no es mala idea! —admitió su compañero de barra—. ¡Sería un bombazo! ¿Acaso piensas dedicarte a la publicidad?

—Me lo estoy pensando porque estoy hasta las bolas de tragar millas por esas carreteras de mierda.

Hizo un gesto al barman al tiempo que dejaba un billete sobre el mostrador indicando que abonaba ambas consumiciones, y abandonó el abarrotado local para trepar a uno de los enormes camiones que se encontraban aparcados en la amplia y oscura explanada exterior.

Pocos minutos más tarde se había perdido de vista en la noche a bordo de su rugiente máquina, aunque nada se encontraba más lejos de su mente que la posibilidad de que el hombre del que había estado hablando hasta pocos minutos antes durmiera en aquellos momentos en la parte posterior de su vehículo, que avanzó en primer lugar por carreteras secundarias y más tarde por anchas autopistas hasta que al amanecer se distinguieron en la distancia los altos edificios de una extensísima ciudad.

Cuando poco más tarde el sol ganó altura y su luz penetró por entre las rendijas de la carrocería, despertándole, Ali Bahar continuó tumbado sobre un montón de sacos y junto a una gran caja de la que extrajo una enorme piña que observó con evidente desconcierto.

Tras olfatearla y cerciorarse de que jamás había comido nada que se le asemejase pareció no sentirse satisfecho con su aspecto, por lo que acabó dejándola donde estaba.

A continuación abrió uno de los sacos, metió la mano, tanteó hasta localizar una gruesa cebolla que sí pareció satisfacerle, puesto que comenzó a devorarla a grandes mordiscos.

Mientras lo hacía su vista recayó en una caja de latas de refrescos, se apoderó de una y la estudió con detenimiento tratando de adivinar cómo diablos se abría.

Al cabo de varios intentos consiguió levantar la palanca, observó su interior y al fin se la llevó a la boca intentando calmar su sed con un largo trago.

Casi de inmediato escupió con desagrado, estudió perplejo la extraña lata y acabó por limpiarse la boca y buscar una nueva cebolla que mordió con idéntica ansia que la primera.

Estaba concluyendo su muy particular desayuno cuando advirtió que el vehículo se había detenido; al poco escuchó el ruido de la puerta del conductor al cerrarse y casi de inmediato le llegaron voces lejanas a las que siguieron un profundo silencio.

Aguardó un largo rato y cuando al fin se decidió a salir lo que vio le dejó estupefacto, puesto que había ido a parar a un gigantesco almacén en el que se amontonaban más alimentos de los que jamás imaginó que pudieran existir.

Se trataba de una gran nave subterránea en la que se apilaban sacos, cajas, fardos e incluso bidones que parecían estar aguardando a que alguien viniera muy pronto a llevárselos.

Al fondo distinguió media docena de hombres cubiertos con largos mandiles blancos que se afanaban trabajando sin haber reparado en su presencia, por lo que se escabulló en sentido contrario entre una ingente cantidad de mercancías que hubieran bastado para satisfacer las necesidades de su corta familia hasta el fin de sus días.

Pero el deambular del incrédulo beduino llegó a su punto culminante en el momento en que se enfrentó a un gigantesco acuario en el que nadaban peces, cangrejos y langostas en absoluta libertad, lo que tuvo la extraña virtud de anonadarle.

Para alguien que no había visto nunca un pez, el espectáculo resultaba en verdad hipnotizante, por lo que se quedó allí clavado y su desconcierto alcanzó su clímax en el momento de advertir que en la parte alta del acuario se abría una trampilla con el fin de que una especie de ancho cazamariposas se introdujera en el agua y capturara una esquiva langosta.

Aquél fue sin duda un momento clave en la vida de un Ali Bahar que acababa de descubrir que existían formas de vida de las que jamás había tenido la más mínima noticia.

Su sabio padre le había hablado en ocasiones de la inmensidad del mar y de las extrañas criaturas que lo habitaban, pero lo cierto era que jamás había podido imaginar qué aspecto tendrían o cómo respiraban o se movían, y el mero hecho de descubrirla ahora a través de un cristal, como si él mismo se encontrara en el fondo de ese mar, comprobando que la mayoría carecían de patas y que les bastaba una ondulación del cuerpo para avanzar y sin necesidad de salir a tomar aire, se le antojó lo más irreal e indescriptible que pudiese existir en el planeta.

Se acomodó sobre un saco de patatas y se quedó allí

clavado durante más de media hora, siguiendo con la vista las evoluciones de unas criaturas fascinantes y muy distintas entre sí, intentando, sin él mismo darse cuenta, abrir un nuevo casillero en su mente; un espacio diferente que le permitiera aceptar, asimilar, y recordar en un futuro que en el mundo existía una hasta ahora desconocida dimensión que no era menos real por el hecho de que él nunca la hubiera conocido.

Le sacó de su abstracción un rumor de voces y se percató de que dos mujeres que también lucían un mandil blanco se aproximaban, por lo que se escabulló por una pequeña puerta que le condujo a un amplio baño, muy limpio y reluciente, con grandes espejos en los que se observó, para llegar a la lógica conclusión de que su aspecto era más bien deplorable.

Giró la vista a su alrededor y comprobó que se enfrentaba a tres lavabos con grifos curvos y brillantes pero sin sombra alguna de agua.

Buscó y rebuscó, apretó el único pitorro que parecía asequible y lo que obtuvo como premio fue un chorro de jabón líquido que olió y probó con la punta de la lengua para acabar escupiéndolo.

Resultaba más que evidente que lo que necesitaba era agua, pero el agua no aparecía por parte alguna.

De la pared de su derecha colgaba un secador de manos. Lo estudió, lo golpeó repetidas veces sin obtener resultado alguno, y cuando decidió inclinarse con el fin de mirar en su interior, se puso en marcha de forma automática enviándole directamente a los ojos un chorro de aire caliente.

Dio un respingo y se golpeó con la cabeza contra el lavabo por lo que no pudo evitar lanzar un sonoro reniego.

Cuando el dolor se le hubo pasado intentó tranquilizarse, meditó largo rato, llegó a la conclusión de que de allí no iba a obtener nada y se decidió a abrir una de las cuatro puertas que se encontraban a sus espaldas, tras las que descubrió otros tantos retretes.

Los examinó mientras se rascaba la barba, abrió la tapa de uno de ellos y dejó escapar un leve suspiro de satisfacción al descubrir al fin lo que venía buscando: ¡agua!

Sin pensárselo se arrodilló ante la blanca taza y comenzó a lavarse concienzudamente con el agua que había en su interior.

Al concluir, extrajo del bolsillo los zarcillos que había comprado y se dedicó a limpiarlos con exquisito cuidado.

Justo en ese momento percibió una música estridente, lo que le hizo comprender que alguien había entrado en el baño, por lo que se apresuró a cerrar la puerta del retrete y aguardó paciente.

Alguien, que portaba una pequeña radio de la que surgía una pegajosa melodía, había penetrado en el habitáculo vecino de tal modo que, arrodillándose y mirando por la parte inferior, Ali Bahar podía verle los zapatos y parte de los pantalones.

Una fuerte pestilencia se apoderó muy pronto del lugar por lo que Ali Bahar cerró silenciosamente la tapa del retrete, se puso en pie encima y atisbó desde lo alto al compartimiento contiguo.

Lo que vio le dejó perplejo y ciertamente preocupado: un muchacho que vestía un mono blanco hacía sus necesidades en el lugar idéntico a aquel en el que él se había estado lavando la cara poco antes al tiempo que hojeaba una revista de chicas desnudas y canturreaba por lo bajo siguiendo el ritmo de la música.

Al comprender que evidentemente aquella agua no debía ser la más apropiada para el uso que le había dado se apoyó en la pared para resbalar y quedar sentado en la parte alta de la cisterna sin percatarse de que al hacerlo había presionado el botón que obligaba correr el agua.

Cuando el distraído muchacho concluyó de hacer sus necesidades, Ali Bahar le espió a través de una rendija de la puerta, por lo que se sorprendió al descubrir que del grifo del lavabo surgía ahora un fuerte chorro de agua muy limpia.

De nuevo a solas regresó junto al grifo con el fin de averiguar por qué extraña razón al maldito desconocido le proporcionaba agua en abundancia y a él no.

Una vez más se sintió harto frustrado al comprender que por más que mirara y remirara no conseguía obtener resultado alguno, y cuando al fin decidió inclinarse para mirar por bajo la plancha de mármol en busca de una respuesta se le cayó el revólver.

Lanzó un resoplido, lo recogió y optó por dejarlo en el interior del lavabo debido a lo cual el sensor automático que hacía funcionar el grifo obligó a éste a lanzar un chorro de agua que empapó el arma.

Casi al borde de un ataque de histeria, y convencido de que alguien a quien no conseguía ver, pero que debía permanecer oculto por las proximidades se estaba burlando de su ignorancia, el beduino emitió un sordo mugido, recogió el revólver, lo secó con el faldón de su camisa, se lo colocó en la cintura y en el momento en que se disponía a extender las manos para lavarse a gusto, el grifo cesó de manar.

Descubrió que en el enorme espejo la expresión de su rostro reflejaba la magnitud de su ira, pero incapaz de darse por vencido, tomó la aventurada decisión de colocar por segunda vez el revólver en el lavabo con lo que consiguió que el sensor permitiera que el agua hiciera una vez más su milagrosa aparición.

Cuando al cabo de un rato de asearse a fondo se sintió satisfecho, se acicaló como pudo la barba, secó meticulosamente el revólver y regresó al retrete con el propósito de recuperar los zarcillos de Talila.

Pero lógicamente éstos habían desaparecido arrastrados por el agua de la cisterna.

Por más que los buscó y rebuscó intentando incluso arrancar la taza del retrete, el indignado, desconcertado y casi estupefacto Ali Bahar no consiguió encontrarlos, por lo que al fin lanzó una sonora sarta de reniegos en su incomprensible dialecto para abandonar aquel embrujado lugar dando un sonoro portazo.

De nuevo en el almacén se percató de que había empezado a llenarse de operarios que iban y venían, por lo que, como no se encontraba con ánimos como para regresar al baño que le había deparado tan amargas experiencias, decidió ascender por una empinada escalera de caracol hasta alcanzar una nueva puerta que le condujo al aire libre.

Pero si sorprendente y desconcertante había resultado el irritante lugar que acababa de dejar atrás, más lo era sin duda el alocado panorama que ahora se ofrecía ante sus incrédulos ojos, puesto que lo primero que descubrió fue un precioso y casi irreal castillo que parecía extraído directamente de un fabuloso cuento de hadas.

El pato Donald, el ratón Mickey, los Tres Cerditos, e incluso una Blancanieves con sus siete auténticos enanitos de tamaño natural, desfilaban saltando y bailando en una explosión de música, luz y color en lo que constituía un fascinante espectáculo que resultaba un impacto ciertamente excesivo para alguien que en toda su vida no había visto más que un árido desierto y un puñado de cabras, pero que sin saber cómo acaba de emerger desde el mismísimo estómago, al corazón del parque de atracciones más famoso del mundo.

Ali Bahar estaba fascinado; tan fascinado como el más pequeño de los niños, y si no rompió a gritar y aplaudir al paso de las atractivas y perfectamente coordinadas majorettes que lucían largas melenas y cortas faldas plisadas fue por miedo a llamar la atención.

La masa humana le empujaba de un lado a otro, demasiado ocupada en contemplar tanta maravilla como para reparar en su presencia, y tan sólo un chicuelo pareció reconocerle, pero en cuanto le comentó a sus padres que había visto a un temido terrorista vagabundeando entre la multitud le atizaron un sonoro coscorrón que le impulsó a mostrarse más prudente en sus apreciaciones.

No obstante, a los pocos minutos un severo supervisor que portaba grandes gafas de concha y se esforzaba por mantener a todas horas la adusta expresión propia de quien considera que su misión es de vital importancia, se plantó ante él para espetarle en un tono de voz autoritario, seco y tajante:

—¿Y tú qué haces aquí? Si te has creído que has venido a disfrutar de las atracciones, ya puedes pedir tu cuenta y largarte.

Como advirtió que su oponente le observaba con la estúpida expresión de quien no tiene la menor idea de lo que le están diciendo, insistió aumentando, si es que ello era posible, la severidad de su tono:

—¿Qué pasa? ¿Es que no hablas mi idioma? Tu puesto está allí, en la Casa del Miedo, a la derecha de Hitler y a la izquierda de Saddam Hussein, o sea que ya te estás largando, que aquí tan sólo pueden estar los que han pagado su entrada. ¡He dicho que fuera!

Para el infeliz beduino tan prolija explicación sobre sus supuestos deberes y derechos carecía por completo de sentido, sobre todo por el hecho indiscutible de que no había conseguido descifrar ni una sola palabra de cuanto le habían dicho, pero de lo que sí tenía clara conciencia era de que un caballero, que por su elegante vestimenta y su aspecto autoritario podía ser muy bien el dueño de todo aquel maravilloso mundo, le estaba indicando con la mano que abandonase su propiedad, y su anciano y muy sabio padre le había enseñado desde niño que toda persona honrada tenía la obligación ineludible de respetar la propiedad ajena.

«Del mismo modo que no nos gustaría que un extraño viniera a beberse el agua de nuestro pozo sin pedirte permiso, a los extraños no les agrada que bebamos de su pozo si no desean que lo hagamos —solía decirle—. En eso estriba el secreto de la convivencia en paz.»

A Ali Bahar le hubiera gustado poder quedarse un poco más allí, disfrutando de las canciones y los bailes del pato Donald o los Siete Enanitos, y sobre todo de las acrobáticas evoluciones de las bellas muchachas de minifaldas rojas, pero al fin optó por dar media vuelta, inclinar tristemente la cabeza y alejarse de tan prodigioso lugar como un pobre perro apaleado.

Janet Perry Fonda observó larga y pensativamente al casi escuálido personaje que parecía aún más delgado puesto que se sentaba frente a ella en un aparatoso sofá de color amarillo chillón que ocupaba el centro de un enmoquetado y vistoso salón cuyos grandes ventanales permitían distinguir el mar de luces de la ciudad de Los Ángeles.

—Oficialmente —decía su huésped en esos momentos— la agencia para la que trabajo no existe; por lo tanto yo como funcionario tampoco existo, y al no conocer ni siquiera mi verdadero nombre, todo cuanto aquí le diga no le servirá más que para tener una idea de hacia dónde debería encaminar sus pasos.

—¿O sea que es una especie de Garganta Profunda del Caso Watergate? —comentó la Reportera del Año en tono levemente irónico.

—Veo que se lo toma a broma.

—¡No, por Dios! No me lo tomo a broma porque el tema es muy grave. ¿De modo que usted fue quien trajo a ese hombre a Estados Unidos? —El otro asintió con un leve ademán de cabeza—. ¿Por qué?

—Porque por lo visto alguien parece haber llegado

a la conclusión de que un Osama Bin Laden vivo constituye un tremendo peligro para la sociedad, pero si se le mata echa a perder los planes de quienes pretenden continuar aprovechándose del miedo que provoca.

—Parte de razón tienen.

—¡Tal vez! —Marlon Kowalsky extendió la mano, tomó su copa, bebió despacio y al poco añadió—: La solución que se les ocurrió fue encontrar un doble que garantizase la perdurabilidad del peligro, y que al propio tiempo dijese e hiciese en público tal cantidad de insensateces y barbaridades, que incluso sus propios seguidores opinaran que estaba loco.

—Como idea no parece mala, y muy propia de una mente tan retorcida como la de Colillas Morrison, si es que como imagino es quien se encuentra al frente de esa misteriosa agencia.

—No pienso responder a eso.

—Ni yo se lo pido —le tranquilizó la reportera—. Lo que sí me gustaría saber es dónde encontraron a ese desgraciado que se parece a Bin Laden como si fuera su hermano gemelo y supongo que eso sí estará en disposición de decírmelo. ¿De dónde lo sacaron?

—De un desierto de Oriente Próximo. No le daré más detalles, pero le aseguro que ese pobre infeliz jamás ha hecho daño a nadie y tan sólo se preocupa de cuidar de su rebaño de cabras, su anciano padre y su joven hermana.

—Entiendo —admitió extendiendo la mano para apoderarse de la copa que estaba sobre la mesa—. ¿Y por qué ha decidido venir a verme?

—Porque al ver cómo usted le ataca en sus programas de televisión sin ninguna razón y asegurando que está aliado poco menos que con el demonio, me indigné.

—¿Y puede más su indignación que la fidelidad a esa misteriosa agencia para la que trabaja?

—Cuando está en juego la vida de un inocente al que conozco personalmente y que además me cae muy bien, sí.

—¿Y eso? Siempre imaginé que los que se ocupan de esa clase de asuntos carecen de escrúpulos.

—No del todo. Estoy acostumbrado a tratar con criminales y terroristas, escoria a la que no me importa eliminar puesto que en esos momentos entiendo que le estoy haciendo un favor a la humanidad que vive mucho más tranquila sin ella, pero me rebelo contra la idea de asesinar a alguien al que hemos engañado de mala manera.

—Esa actitud le honra.

—No busco honra, sino un cierto tipo de justicia y no es justo que se envíe a miles de muchachos a una guerra que en el fondo lo único que pretende es enriquecer aún más a ese maldito Klan de los Texanos de los que se empieza a rumorear que son los que en verdad nos gobiernan.

De improviso Marlon Kowalsky guardó silencio para observar con extraña fijeza a su interlocutora que le devolvió la mirada con cierto aire provocativo.

Al poco el miembro de la agencia especial Centinelas de la Patria hizo un leve gesto con la mano para señalar con manifiesta intención:

—No quisiera parecerle grosero, pero tengo la impresión de que el cuerpo nos está pidiendo lo mismo a los dos. ¿Qué me diría si…?

Janet Perry Fonda pareció confundida pero replicó con sorprendente suavidad impropia de una mujer como ella:

—Si le soy sincera tengo que admitir que también

me apetece, pero lo malo es que por mucho que trate de disimularlo mi marido siempre acaba por enterarse y se pone hecho una furia.

—¿Y a qué hora suele regresar a casa?

—Sobre la medianoche —replicó la reportera del año consultando su reloj—. Como supongo sabrá, es el presentador del noticiario de las once y en estos momentos debe estar a punto de entrar en antena.

—¡Lástima, porque en verdad me apetece mucho!

—¡Y a mí! —De improviso la Mejor Reportera del Año lanzó un leve suspiro para acabar por encogerse de hombros y admitir—: ¡Qué diablos! La vida está hecha para disfrutarla. ¡Vamos a ello!

Marlon Kowalsky esbozó una cómplice sonrisa, extrajo del bolsillo de su camisa un paquete de cigarrillos y encendiendo dos le entregó uno con un gesto voluptuoso.

Como puestos de acuerdo y sin necesidad de hablar ambos se recostaron en sus respectivos asientos para comenzar a fumar entrecerrando los ojos con expresión de evidente placer.

Al rato ella inquirió:

—¿Y por qué cree usted que ese tal Ali Bahar no decide entregarse a la policía para explicarlo todo?

—Porque no creo que sea capaz de diferenciar el uniforme de un policía del de la pandilla de anormales del coronel Vandal, que no han hecho más que acosarle y pegarle tiros. ¡Créame! Si se entregara, la agencia le liquidaría en un abrir y cerrar de ojos.

—¿Asesinándole a sangre fría?

—Fría o caliente, ¿qué más da?

—Eso suena muy duro tratándose como se trata de un organismo oficial de un país democrático.

—Para la agencia la democracia no es más que algo superfluo que se le exige al resto del mundo, pero de lo que se puede prescindir cuando conviene a sus intereses.

—Pero se supone que seguimos viviendo en un país libre.

—Usted lo ha dicho muy bien: «se supone». Pero de la suposición a la realidad media un gran trecho. Nuestro jefe cuenta con un presupuesto multimillonario, nadie le controla, y a veces se comporta como el presidente de un estado dentro del estado.

—¿Y el Congreso y el Senado lo aceptan?

—Tal como ha dicho públicamente Russel Byrd, el único hombre decente que queda allí dentro, prefieren no enterarse de nada. La población de Irak, donde más de la mitad de sus habitantes tienen menos de quince años, ha sido diezmada porque unos cuantos multimillonarios quieren ser aún más millonarios, pero nadie ni en el Congreso ni en el Senado se atreve a abrir la boca por miedo a las represalias de Bush.

—La verdad es que estamos llegando a un punto en que tendremos que empezar a escuchar más a nuestras conciencias y menos a los políticos. ¿Qué cree que va a pasar ahora?

—No lo sé, pero me consta que mi jefe sabe que si se descubre la verdad de todo este asunto estallará un escándalo que le puede costar muy caro, por lo que lo único que le importa es borrar cualquier huella de lo que ha hecho haciendo desaparecer a ese infeliz. Y no me parece justo.

—¿Y por qué no se limita a devolverle a su casa donde no creo que nadie se molestaría en ir a buscarle otra vez? —quiso saber ella evidenciando una absoluta lógica.

—Porque para eso lo primero que habría que hacer es cazarle —fue la también lógica respuesta—. Pero Ali Bahar está demostrando ser un tipo muy astuto y escurridizo, debido a lo cual esa pandilla de imbéciles del coronel Vandal siempre llega tarde.

—¿Tiene una idea de dónde puede estar en estos momentos? —Ante la muda negativa del otro la reportera añadió—: Lo que me sorprende es que no trajeran también al intérprete.

—¡Cosas de la agencia!

—Pero ¿cómo esperaban entenderse con él aunque tan sólo fuera para decirle lo que tenía que hacer?

—El gran jefe no mostró demasiado interés alegando que contamos con un ejército de intérpretes, pero lo cierto es que lo único que saben son idiomas de andar por casa.

—¿Qué quiere decir con eso?

—Que los *khertzan* son una tribu nómada que ha vivido apartada del resto del mundo durante casi dos mil años, por lo que su dialecto no se parece a ninguna lengua conocida. Tan sólo existe un *khertzan* que hable inglés, pero resultó ser un tipo honrado al que no le gustó que le engañáramos y le utilizáramos para secuestrar a uno de los suyos, por lo que acabó por tirarnos el dinero a la cara.

Janet Perry Fonda apagó lo poco que quedaba de su cigarrillo al tiempo que inquiría vivamente interesada:

—¿Cómo podría ponerme en contacto con ese hombre?

Marlon Kowalsky extrajo del bolsillo un papel que colocó con sumo cuidado sobre la mesa que los separaba.

—Supuse que me haría esa pregunta —dijo—. Ésta es su dirección.

Ella lo tomó, le echó un vistazo y lo dejó sobre la mesa al tiempo que señalaba:

—Está demostrando ser un tipo muy listo.

—Simplemente precavido —replicó el otro con un leve encogimiento de hombros—. Pero recuerde: usted no me ha visto nunca y por lo tanto yo no tengo nada que ver en todo este asunto.

—¡Descuide! —fue la respuesta acompañada de una provocativa sonrisa—. Yo jamás revelo mis fuentes de información. —Se humedeció levemente los labios para añadir—: ¡Por cierto! Si hay algo que de verdad me encanta, ¡es echar un buen polvo después de fumar!

—¡Perdón! ¿Cómo ha dicho?

—He dicho que tengo la impresión que este cigarrillo se merecería que nos pegáramos un pequeño revolcón sobre la alfombra.

Marlon Kowalsky se ruborizó visiblemente y la observó de medio lado para acabar por inquirir en cierto modo temeroso:

—¿Seguro que su marido no llega hasta la media noche?

—¡Seguro! —replicó ella sin sombra de duda—. Además, no tiene por qué preocuparse; a él lo único que de verdad le molesta es que fume.

Ali Bahar vagaba sin rumbo por el laberinto de calles, avenidas, parques y autopistas de una de las ciudades más extensas, complejas, desquiciadas y cabría asegurar que paranoicas del mundo.

Intentaba a toda costa pasar inadvertido. En ocasiones, fingiendo que leía un periódico como había advertido que hacían muchos viandantes, girando bruscamente la cabeza para quedarse contemplando un escaparate cuando se percataba de que alguien reparaba en él, o escondiéndose en un portal o tras una cabina telefónica si veía aproximarse a un uniformado, pero resultaba evidente que, a medida que se iba adentrando más y más en el centro de la gran urbe, sus dificultades iban en aumento.

Una rubia patinadora de generosos pechos y musculosas piernas estuvo en un tris de atropellarle, pero en el último momento cruzó a su lado como una exhalación, le acarició la barba y se alejó riendo alegremente por su infantil travesura.

Un ciego se dirigió directamente hacia él, pero a poco más de un metro de distancia se detuvo, olfateó el ambiente y le esquivó dando un rodeo, mientras mascullaba entre dientes que los vecinos de aquel maldito barrio de inmigrantes eran tan poco cívicos como para abandonar los cubos de la basura en medio de la acera.

Alguien se había dejado abierta la llave de una boca contra incendios, y un grueso chorro de agua limpia y pura corría libremente por la calle para ir a desaparecer por una alcantarilla ante la desesperada mirada de un beduino para quien el agua había constituido desde siempre el más inapreciable de los tesoros.

Advertir cómo se desperdiciaba sin que nadie le prestara la más mínima atención le encogía el alma y hacía que un nudo le apretara las tripas puesto que no podía por menos que imaginar cuántas cosas hermosas podrían crecer con ella en las fértiles tierras en que había nacido.

Y es que en contra de la opinión que pudieran tener quienes no conocieran tal como él conocía el desierto, éste no era en absoluto un lugar estéril, sino tan sólo un lugar sediento. En cuanto se le proporcionaba el agua que siempre había estado necesitando, la abundancia de sales minerales y nutrientes de unos suelos que permanecían intactos desde el comienzo de los siglos, así como un sol de fuego que impartía energía, daban origen a prodigiosas cosechas insospechables en cualquier otro lugar del planeta.

Permitir que toneladas de agua se deslizaran por el asfalto para ir a parar a una sucia alcantarilla sin que nadie lo evitara, era para Ali Bahar casi tan horrendo como permitir que un ser humano se desangrara en plena calle sin que nadie acudiese en su ayuda.

Pero ¿qué se podía esperar de un lugar en el que los cubos de basura aparecían repletos de magníficos alimentos?

Ni él estaba muerto, ni aquél era, por mucho que su sabio padre insistiera, el paraíso prometido, de eso empezaba a estar seguro, pero de lo que también empezaba a estar seguro era de que si no se convertía en un auténtico paraíso no era por culpa de una naturaleza excepcionalmente generosa, sino de quienes la habitaban.

En los parques públicos llovía hacia arriba, por lo que crecía una hierba muy alta, pero ningún animal la aprovechaba, excepto algunos perros que hacían en ella sus necesidades.

Las altivas palmeras aparecían cuajadas de cocos, pero nadie trepaba hasta su copa con el fin de recolectarlos y venderlos.

En multitud de jardines privados crecían a menudo

naranjos, manzanos, perales y limoneros, muchos de cuyos frutos habían caído al suelo y se pudrían sin que sus propietarios se molestaran en recogerlos.

Infinidad de cajas de fina madera que habían contenido las más variadas mercaderías y con las que se podrían fabricar hermosos utensilios o encender fabulosas hogueras habían sido arrojadas a los contenedores junto a los que en ocasiones se distinguían mesas, sillones, armarios e incluso colchones que hubieran hecho las delicias de su viejo padre, o de los que la hacendosa Talila hubiera obtenido un magnífico provecho.

Aquél era sin duda un mundo de derroche, pero parecía ser al mismo tiempo un mundo de miserias, puesto que al igual que se arrojaban a la calle tantas cosas útiles, se arrojaban seres humanos en desuso, que aparecían tirados aquí y allá, a menudo en el banco de un parque o en el portal de un edificio, y le asombró comprobar que incluso perteneciendo, como debían pertenecer, a la misma tribu, ya que habitaban en el mismo lugar, nadie se preocupase de brindarles un techo o un plato de comida.

En su desierto, en el que a menudo se carecía incluso de lo más imprescindible, cualquier viajero, por vagabundo que fuera e incluso aunque perteneciera a otra tribu y a otra religión, era siempre bien recibido y atendido en la más humilde jaima, pero allí pobres ancianos indefensos o andrajosos niños se morían de hambre junto a los más altos y lujosos edificios que jamás hubiera sido capaz de imaginar.

Si en verdad aquello era el paraíso, quien lo creó debía ser el dios más injusto que pudiera existir.

Pasó largo rato observando a un militar que curiosamente no portaba armas, cuya mayor preocupación parecía ser la de permanecer en pie a la puerta de una preciosa mansión, atento únicamente a la llegada de brillantes automóviles a los que se limitaba a abrir la puerta y permitir el paso a quienes los ocupaban, y a los que saludaba una y otra vez con aire servil, sin tener en cuenta que por la vistosidad de su uniforme, su graduación debería ser sin duda mucho mayor que la de aquellos ante los que se inclinaba.

—Por lo visto aquí los generales visten de paisano y los soldados de general —murmuró para sí mismo—. Pero lo cierto es que esto no tiene nada que ver con lo que mi padre me contaba de su estancia en el ejército.

Y es que su anciano progenitor exhibía siempre con orgullo una vieja fotografía de cuando estuvo en la guerra contra los ingleses, y en ella se podía advertir con total nitidez que los uniformes de los oficiales eran mucho más lujosos que los del resto de la tropa.

Pero ¡qué se podía esperar de un país en el que llovía hacia arriba y donde hombres y mujeres que lucían culos que no se podían abarcar con los dos brazos no paraban de devorar grasientos y malolientes comistrajos que adquirían en unos puestos ambulantes!

La mayoría de la gente era muy gorda.

Avanzaban por la calle bamboleándose sobre muslos tan anchos como su propio pecho, incapaces de subir con normalidad una escalera y respirando a menudo fatigosamente, pero aun así continuaban comiendo a dos carrillos o lamiendo con evidente delectación escurridizas masas de colores que hacían equilibrios sobre una especie de altos cucuruchos, y a Ali Bahar le hubiera gustado hablar su idioma aunque sólo fuera con el fin de advertirles que lo que estaban haciendo tan sólo contribuía a que aumentaran aún más de peso.

Le llamó profundamente la atención el absurdo hecho de que entre tanto obeso que se esforzaba por parecer delgado, existiesen, no obstante, una serie de individuos más bien delgados que se ataban a la cintura una especie de almohadón con el fin de aparentar que poseían una enorme barriga.

También fingían ser mucho más ancianos, luciendo para ello largas barbas blancas y evidentemente postizas, al tiempo que vestían estrafalariamente con anchos pantalones y largas casacas de un rojo violento, al tiempo que se cubrían la cabeza con un extraño gorro picudo coronado por una borla blanca.

La mayoría se pasaban las horas en pie ante la puerta de un gran comercio a la par que otros varios recorrían las calles agitando una pesada campana y entonando lo que parecía una monótona letanía que acabó por clavársele en el cerebro:

—¡Feliz Navidad! ¡Feliz Navidad!

Quiénes eran, a qué tribu o secta pertenecían, y cuál constituía su cometido escapaba por completo a su entendimiento, pero resultaba evidente que para algo útil debían de servir, puesto que había tantos.

Se les veía a menudo en el interior de aquellas cajas mágicas que tanto proliferaban en las cristaleras de algunos edificios, con frecuencia incluso junto a otras cajas en las que con excesiva frecuencia hacían su aparición las imágenes de aquel primo lejano al que por lo que había podido comprobar todos aborrecían.

En un momento determinado le asaltó la inquietante sensación de que un viandante le había reconocido, y cuando al poco se volvió a mirar furtivamente se convenció de que le seguía, aunque en cuanto el desconocido comprendió que había sido descubierto se apresuró a disimular fingiendo estar interesado en los carteles de un cine que tenía a su derecha.

Las sospechas del beduino aumentaron cuando poco después lo volvió a entrever a sus espaldas, por lo que se apresuró a escabullirse entre la multitud, optando por alejarse a toda prisa por un callejón para acabar por introducirse en un edificio en ruinas, probablemente una antigua tienda o almacén, a través de cuyas sucias y destrozadas cristaleras cubiertas en parte por bastos tablones podía observar cómodamente el exterior.

Al poco pudo comprobar que su perseguidor le buscaba, pero le tranquilizó advertir que al cabo de un rato desistía de su empeño acabando por perderse de vista en la siguiente esquina.

Pronto llegó a la conclusión de que aquel mísero lugar constituía un magnífico refugio, ya que desde sus incontables ventanas podía asomarse a dos calles y estudiar con detenimiento y tranquilidad las idas y venidas de la gente, el tráfico de los incontables automóviles, los ruidos de la ciudad, los juegos de los niños e incluso las discusiones de los vecinos.

Pasó la noche en una de las habitaciones del último piso y agradeció las horas de descanso, aunque a decir verdad no pudo dormir a gusto puesto que el continuo aullar de las sirenas de los coches de policía o las ambulancias le obligaban a despertarse a cada instante. Entonces echaba de menos el silencio de las noches del desierto.

Tumbado en un rincón, escuchando el continuo corretear de docenas de ratas por las proximidades y observando los cambios de color que experimentaba el agujereado techo según cambiaba de color un gigantesco anuncio luminoso que ocupaba toda la fachada del edificio que se alzaba al otro lado de la calle, se preguntó una y otra vez cómo conseguiría ingeniárselas para conseguir escapar de aquella gigantesca trampa a la que un maldito camión le había conducido la noche anterior.

Subió a él imaginando que constituiría la mejor forma de alejarse de los insistentes hombres de uniforme negro que tanto empeño parecían tener en apresarle, pero lo hizo con el convencimiento de que se limitaría a trasladarle a cualquier otro rincón de aquel vasto desierto y no a una ciudad que resultó ser mucho más extensa y con edificios más altos que la que descubriera la noche que llegó a la cima de la montaña.

De aquella primera ciudad consiguió escapar en poco tiempo encontrando refugio en aquel extraño lugar en que la gente golpeaba con un palo una bola, pero esta otra parecía no tener fin pese a que a veces distinguiera en la distancia altas montañas cubiertas de bosques.

La experiencia de toda una vida al aire libre le dictaba que para llegar a un punto no tenía más que fijar un rumbo y seguirlo sin desviarse, pero por desgracia aquéllas no eran las extensas llanuras en que se crió, por lo que cada vez que elegía ese rumbo un conjunto de edificios o una avenida por la que circulaban a toda velocidad miles de vehículos le desviaban hacia los lugares más insospechados, hasta el punto de que en ocasiones tenía la impresión de haber regresado al punto de partida.

El tradicional sentido de la orientación que había hecho famosos a los *khertzan* había dado paso al más profundo desconcierto, puesto que por no existir, en el cielo ni tan siquiera existían aquellas estrellas que en las más oscuras noches le indicaban el camino.

No quiso llamar a su padre, consciente de que nada de cuanto el anciano le dijera le serviría de ayuda en semejante situación, y estaba convencido de que por el tono de su voz captaría la magnitud de su angustia, lo cual probablemente le pondría más inquieto aún de lo que debía estarlo ya.

Un anciano que no contaba más que el cariño de una muchacha indefensa y la protección de un hijo que de improviso desaparecía de su lado y del que no tenía más noticias que las que le llegaban por medio de un diabólico aparato, debería sentirse tan impotente y asustado que cualquier mala noticia podría empujarle directamente a la tumba.

Al alba sintió, quizá por primera vez en su vida, auténtica necesidad de pedirle a Alá que le mostrara el camino que le llevara de regreso a su hogar, por lo que lamentó no disponer de una pequeña alfombra con la que cubrir el mugriento suelo de un infecto edificio en el que las cucarachas y las ratas campaban a sus anchas.

Un explorador perdido entre las dunas del Sáhara probablemente no se encontraría anímicamente más confuso y abatido de lo que se encontraba el beduino Ali Bahar perdido en el corazón de la ciudad de Los Ángeles, que parecía haberse convertido en la mayor cárcel que jamás construyeran los hombres.

Pese a estar dotado de una aceptable inteligencia natural, al beduino de nada le servía a la hora de desenvolverse en una sociedad de la que lo desconocía todo, incluido el idioma, por lo que para escapar de tan complejo presidio no contaba más que con sus piernas y su necesidad de regresar a proteger a su familia.

Pero ¿dónde estaba su casa?

¿En qué dirección, a qué distancia y en qué mundo: aquel en que era de día o aquel en que era de noche?

Una vez más se asomó al exterior para cerciorarse de que las calles aparecían tan repletas de transeúntes como de costumbre, por lo que se le planteaba una vez más la inutilidad de salir a riesgo de ser reconocido, sabiendo como sabía además que no tenía la menor noción de hacia dónde debería encaminar sus pasos.

Se acurrucó en un rincón del mayor de los salones del piso alto abrazándose las rodillas y con la vista clavada en el gigantesco anuncio de una botella que iba expulsando burbujas y que ocupaba toda la esquina del edificio vecino.

Adónde iban a parar aquellas burbujas y qué utilidad tenía aquel monótono movimiento era algo que, como tantas otras cosas, escapaba a su comprensión, pero empezaba a abrigar el íntimo convencimiento de que resultaba del todo inútil tratar de entender el universo al que había sido tan violentamente arrojado sin razón aparente.

Incluso corría el riesgo de acabar por volverse loco, puesto que la ingente cantidad de nuevos estímulos que le llegaban a cada instante parecían a punto de superar su capacidad de asimilación.

Su cerebro no daba ya más de sí.

Lo único que en verdad deseaba era cerrar los ojos y volver a abrirlos en su jaima en compañía de su padre y su hermana.

Pero las sirenas de las ambulancias continuaban truncando sus sueños.

Mucho más tarde, cerca ya del mediodía, un ahogado lamento o una especie de ronco estertor le devolvió a la realidad.

Prestó atención y en uno de los cortos intervalos en

los que el tráfico parecía disminuir sin motivo aparente, lo percibió de nuevo.

Llegaba de un par de pisos más abajo.

Sigilosamente se asomó a la escalera, descendió procurando que los viejos peldaños no rechinaran y al fin distinguió a uno de aquellos estrafalarios personajes de falsa barriga y falsa barba blanca recostado contra la pared de uno de los descansillos del quinto piso.

Se encontraba, al parecer, inconsciente, con los ojos cerrados, lanzando agónicos lamentos, con una blanca espuma asomándole por la comisura de los labios y rodeado de un charco de vómitos.

Se había despojado de la mayor parte de su absurda vestimenta y aparecía con la manga izquierda de la camisa alzada y una extraña aguja unida a un pequeño tubo clavado en el antebrazo.

La muerte subía por la escalera.

Ali Bahar no había visto morir más que a su madre, su esposa y su hijo, pero una especie de sexto sentido le había avisado siempre de la proximidad de la muerte.

No podía saber qué era lo que le ocurría a aquel extraño individuo ni por qué absurda razón había buscado un lugar tan sórdido y miserable para acudir a su última cita, pero de algún modo presentía que dicha cita iba a ser tan puntual como todas aquellas en las que uno de sus protagonistas era la horrenda vieja de la guadaña.

Descendió y fue a acuclillarse frente al moribundo para extender la mano y acariciarle el rostro como si quisiera infundirle ánimos.

El falso Papá Noel entreabrió apenas los ojos y le observó con ojos turbios y tan apagados como su propia vida.

Dejó escapar un borbotón de blanca espuma, hizo un supremo esfuerzo y por último balbuceó:

—¡Esta mierda era una auténtica mierda! ¡Adiós, preciosa! ¡Cuídate!

Y con aquellas palabras, incomprensibles para quien las escuchaba, se retiró definitivamente de la escena.

Al poco Ali Bahar tomó asiento en el último escalón, a menos de dos metros de distancia y estuvo observando largo rato el trágico despojo en que se había convertido un hombre aún joven y que en otro tiempo debió ser evidentemente alto, fuerte y bien parecido.

Se preguntó por qué razón se habría convertido en aquella figura escuálida y demacrada, y qué relación podría tener con su muerte el extraño objeto que sobresalía de su antebrazo.

Como de costumbre no encontró respuesta alguna a sus preguntas, por lo que dejó de hacérselas y se concentró una vez más en lo que en verdad le preocupaba: cómo salir de aquel maldito lugar y regresar a un desierto desde el que le resultaría mucho más sencillo reencontrar el camino hacia su casa.

Al poco su vista recayó en la blanca barba de algodón que el difunto aún aferraba en su mano izquierda.

Luego su vista fue al rojo traje, el gorro coronado por una enorme borla y a la campana que había quedado tirada cinco escalones más abajo.

Le repelía la idea de saquear un cadáver, pero llegó a la conclusión de que a aquel infeliz ya le daba igual recorrer el largo camino que habría de conducirle al infierno o al paraíso vestido de un modo u otro, mientras que a él aquella ropa, y sobre todo aquella inmensa barba le sería de gran ayuda a la hora de pasar inadvertido en su búsqueda de una salida de tan laberíntica ciudad.

Minutos después un nuevo Papá Noel se unió a las docenas de los que pululaban por Los Ángeles, y una hora más tarde Ali Bahar ya había aprendido a agitar alegremente la campana y gritar a voz en cuello en un inglés mínimamente aceptable:

—¡Feliz Navidad! ¡Feliz Navidad!

Pertenecer a la ruidosa tribu de los hombres de gorro puntiagudo y larga barba ofrecía notables ventajas, puesto que permitía a Ali Bahar callejear sin miedo a que le relacionasen con su aborrecido primo, ya que podría decirse que aquellos estrafalarios personajes, por más que hicieran demasiado ruido, pasaban tan inadvertidos como una farola a media mañana.

Por mucho que se esforzara, el beduino continuaba sin entender cuál podía ser la auténtica función de los papanoeles en aquel extraño mundo, por lo que en ciertos momentos llegó a suponer que tal vez se trataba de una especie de hechiceros destinados a espantar los malos espíritus con el continuo repicar de sus doradas campanas.

¿Acaso pululaban tantos espíritus malignos por las calles de aquella maloliente ciudad?

¿Acaso, si los barbudos dejaban de agitar el brazo una y otra vez, las criaturas del averno se apoderarían definitivamente de los parques, las calles, los edificios y las plazas?

No obstante, y eso era algo que contribuía a desconcertarle, en cuanto caía la noche los vociferantes personajes desaparecían de las aceras que de inmediato se veían invadidas por un ejército de descaradas rameras.

¡Y algunas eran hombres!

¡Increíble!

Cuando descubrió que dos de aquellas provocativas y pintarrajeadas mujerzuelas no se tiraban de los pelos o se arañaban tal como sería lógico suponer en una refriega entre las de su clase, sino que se peleaban a puñetazo limpio permitiendo que las pelucas y los postizos rodaran por el asfalto al tiempo que se insultaban con voz de trueno, el pobre pastor de cabras quedó tan traumatizado como si le acabara de caer una marquesina en la cabeza.

¿Dónde se había visto?

¿Cómo era posible que se permitiera a hombres como castillos salir a la calle vestidos como mujeres a la búsqueda de la compañía de otros hombres?

¿Cómo se entendía que los policías que prohibían a un infeliz cartero fumar en una esquina ignorasen, no obstante, semejante disparate?

Aquél era en verdad un mundo caótico que le iba atrapando y envolviendo como la tela de araña atrapa y envuelve a una mosca, por lo que hubo momentos en que llegó a ser tan profundo su desánimo que tuvo que recurrir a toda su fuerza de voluntad para no acabar por arrojarse al paso de uno de aquellos estruendosos autobuses que lo llenaban todo de humo y un olor hediondo.

Durante los primeros momentos, cuando aún consiguió mantenerse en el desierto o sus proximidades, aún abrigaba una esperanza de que ese desierto le devolviera a su casa, pero durante aquellos amargos días pasados en el corazón de Los Ángeles toda posibilidad de regresar a la normalidad había acabado por esfumarse.

Para un hombre que había nacido y se había criado en la soledad y el silencio de las grandes llanuras sin horizontes aquella ciudad no podía ser otra cosa que el infierno.

Girase hacia donde girase la vista no encontraba más que obstáculos.

Una aciaga tarde, y mientras continuaba en su inútil búsqueda de la salida de tan inaudito laberinto, fue a desembocar sin saber cómo al corazón mismo de una preciosa urbanización de clase media acomodada típicamente californiana, conformada por coquetos chalets dotados de un pequeño jardín.

—¡Feliz Navidad! —repetía una y otra vez—. ¡Feliz Navidad!

La sencilla fórmula continuaba constituyendo un magnífico salvoconducto a la hora de desplazarse con absoluta libertad de un lado a otro, pero, no obstante, en aquella ocasión el beduino advirtió que un enorme automóvil negro de aspecto amenazador había hecho su aparición al final de la calle dirigiéndose directamente hacia él.

Le seguían cuatro coches de aspecto de igual modo inquietante, y ello le obligó a recordar a los violentos hombres de negro uniforme que por alguna extraña razón le perseguían con tan inusitada saña, y que habían demostrado ser capaces de encontrarle incluso en pleno corazón de las montañas.

Buscó a su alrededor una vía de escape.

La mayoría de las viviendas se encontraban cerradas, pero advirtió que un numeroso grupo de personas charlaban animadamente en uno de los jardines, por lo que se escabulló entre ellos, penetró en la casa y aventuró la más alegre de sus sonrisas al tiempo que hacía sonar su campana repitiendo una y otra vez:

—¡Feliz Navidad! ¡Feliz Navidad!

Cuando al fin alcanzó el amplio salón repleto de invitados, al dueño de la casa, que aparecía tendido en un lujoso ataúd de caoba aguardando a que el severo coche fúnebre y su siniestra comitiva vinieran a buscarle para emprender el último viaje, no se le debió antojar que aquéllas pudieran ser unas fiestas especialmente alegres.

A su esposa y sus hijos tampoco.

El resultado lógico no fue otro que la expulsión, con cajas destempladas y abundantes insultos, de un avergonzado Ali Bahar que no sabía cómo defenderse, pero que evidentemente no había tenido la más mínima intención, tal como la mayoría de los indignados presentes aseguraban, de faltarle el respeto a un pobre difunto.

Esa noche, perdido en mitad de una nada repleta de gente y de cosas, se vio obligado a dormir en el banco de un parque cubierto por unos periódicos en cuya primera plana aparecía, curiosamente, la foto del auténtico Osama Bin Laden.

Cayeron unas gotas que hicieron correr la tinta de tal modo que podría creerse que el terrorista había comenzado a llorar lágrimas negras, pero esas gotas no tardaron en degenerar en un auténtico chaparrón que despertaron al agotado beduino, que en lugar de correr a buscar refugio se limitó a ponerse en pie, abrir los brazos y alzar el rostro permitiendo que el agua le empapara puesto que para un hombre de las tórridas arenas aquél era un preciado bien que llegaba directamente del cielo y había que disfrutarlo.

Escasas veces a lo largo de su ya dilatada vida había

visto llover con tanta intensidad, por lo que consideró un signo de buen augurio el hecho de que al fin algo empezara a cambiar en su triste destino.

Al amanecer, un tanto más animado, reanudó su eterno vagabundeo en busca de su amado desierto, pero pronto advirtió que la mayoría de los viandantes se volvían a mirarle e incluso algunos no podían evitar echarse a reír al verle.

No consiguió averiguar qué era lo que les ocurría hasta que al detenerse frente a una vidriera se vio reflejado de pies a cabeza.

Su disfraz de Papá Noel había encogido de forma sorprendente, los pantalones apenas le llegaban a las pantorrillas, la casaca a medio pecho y hasta el gorro se le había quedado pequeño y le bailaba sobre la espesa cabellera.

La barca blanca, ahora teñida de rojo, era la única parte del disfraz que mantenía su tamaño natural, pero pese a que impedía que se le reconociera, su ridículo aspecto llamaba poderosamente la atención.

Y a pesar de que en principio había supuesto que la lluvia era señal de buen augurio, comenzó a cambiar de opinión a partir del momento en que cayó en la cuenta de que, sin saber por qué extraña razón, había pasado a convertirse en el único representante visible de la curiosa secta de los hombres de rojo.

De la noche a la mañana no quedaba un solo barbudo golpeando campanas.

¡Ni uno solo!

Únicamente él que, avergonzado, dejó de gritar «¡Feliz Navidad!» con el fin de concentrarse en vagabundear a la búsqueda de un colega que pudiera aclararle a qué se debía tan inaudita deserción.

Ya no se distinguían árboles cuajados de luces ni adornos en las puertas y las ventanas, ya no se iluminaban alegremente las calles y las marquesinas y ya la gente no andaba cargada de cajas y paquetes envueltos en papel brillante a todas horas.

Pero, sobre todo, ya su disfraz no le permitía pasar inadvertido, sino que por el contrario parecía llamar poderosamente la atención de peatones, taxistas y policías.

¿Por qué?

Tomó asiento en el banco más apartado de una diminuta plazoleta y se estrujó el cerebro tratando de encontrar una explicación lógica a semejante cambio en la actitud de cientos de personas.

¿Por qué lo que ayer era natural, aceptable y simpático, se había convertido de pronto en algo extraño, llamativo y tal vez malo?

¿Por qué algunos groseros transeúntes se reían al verle, llevándose el dedo a la sien en un inequívoco ademán con el que pretendían hacer comprender que le faltaba un tornillo?

Él no estaba loco.

¡Eran ellos los locos!

Eran ellos los que cambiaban de opinión de la noche a la mañana.

Reanudó su marcha, más hundido que nunca, y al atardecer alcanzó el borde de un alto acantilado desde el que observó, absorto y maravillado, la inmensidad de un océano que reventaba con furia contra las rocas que se encontraban a treinta metros bajo sus pies.

Resultaba muy difícil adivinar qué era lo que pasaba en aquellos momentos por la mente de Ali Bahar, pero evidentemente el espectáculo que tenía ante los ojos le conmovía y le afectaba mucho más de cuanto de sorprendente hubiera visto durante aquellos últimos y más que agitados días.

Permaneció por lo tanto muy quieto, como si se encontrara en otra galaxia, hasta que sonó el teléfono y le llegó con la nitidez de siempre la voz de su anciano y venerado padre.

—¡Te saludo, querido hijo! Y de ese modo estoy seguro de no equivocarme con la hora del día. Hace tiempo que no sé nada de ti y eso me tiene muy preocupado. ¿Dónde estás y cómo te encuentras?

—Estoy todo lo bien que se puede estar en un lugar tan complicado como el que me ha tocado vivir, y en estos momentos me encuentro sentado frente al mar —replicó intentando que el tono de su voz no denotara la intensidad de su ansiedad, y tras una corta pausa como para conferir más énfasis a sus palabras añadió—: Tenías razón cuando asegurabas que no podía compararse con nada, y creo que en esta ocasión, y quizá por primera vez, te quedaste corto al contarme lo maravilloso que puede llegar a ser.

—Hace ya más de sesenta años que lo vi por última vez, y aún sueño a veces con él —replicó el viejo Kabul en un tono casi poético—. Dime… ¿Está furioso o se muestra tranquilo?

—No puedo saberlo, padre —señaló—. Es la primera vez que lo veo. A lo lejos parece muy tranquilo, pero aquí, bajo mis pies, se estrella contra las rocas lanzando nubes de espuma. Pero dime… —inquirió al poco—. ¿Por qué es salado? Si fuera dulce los desiertos se convertirían en un vergel…

—En un principio era dulce —fue la sorprendente respuesta del *khertzan*—. Por eso los seres humanos vivían en un paraíso en el que crecían toda clase de frutos. Pero por eso mismo, porque la vida era muy fácil, se olvidaron del verdadero Dios y comenzaron a adorar al sol, la luna y falsos ídolos. Entonces los ángeles se enfadaron y fueron a contarle a Alá lo que ocurría, pidiéndole permiso para aniquilar a la raza humana. Alá, que se encontraba almorzando en esos momentos, no sabía de qué le estaban hablando, y cuando se lo explicaron se limitó a coger el salero que tenía sobre la mesa y echar un poco de sal al mar al tiempo que decía: «Ahora vivir les costará un gran esfuerzo y se preocuparán de buscar a quien de verdad puede ayudarles».

—¿Quieres decir con eso que en el fondo la culpa de que el mar sea salado es de los hombres? —quiso saber un no muy convencido Ali Bahar.

—Como siempre, hijo mío —replicó seguro de sí mismo su progenitor—. La culpa de todo lo malo que les ocurre a los hombres, parte siempre de otros hombres.

Dino Ferrara, un hombre alto, elegante y muy bien parecido, de los que obligaban a volverse a las mujeres cuando pasaban a su lado, aparecía, no obstante, en aquellos momentos encorvado, con el costoso traje de Armani sucio y arrugado, y verdoso el color de una piel por lo general perfectamente bronceada, debido a que se encontraba sentado, tembloroso y con los ojos desencajados por el terror, al borde de una tosca fosa a medio cavar en un claro de un silencioso y espeso bosque.

—Pero ¿por qué me haces esto, Fredo? —farfulló una vez más casi entre sollozos—. Siempre fuimos amigos.

El rubio pecoso con pinta de matón de taberna que

fumaba displicentemente sentado en el tronco de un árbol mientras un sudoroso hombretón continuaba profundizando en la fosa, se limitó a encogerse de hombros con gesto de obligada resignación.

—No es nada personal, Dino, y tú lo sabes —replicó con calma—, Bola de Grasa te quiere muerto, y si no le obedeciese mañana ocuparía yo ese agujero... —Bajó la vista hacia el hombre de la pala—. ¿No es cierto, Bob?

—¡Cierto, Fredo...! —admitió el llamado Bob sin ni siquiera molestarse en alzar el rostro para mirarle—. Al jefe no le gusta que le toquen a su chica...

—¡Pero si yo nunca la he tocado...! —se lamentó el infeliz Dino Ferrara alzando las maniatadas manos como si con ello pudiera aumentar la veracidad de sus palabras—. ¡Lo juro por mi santa madre!

—Ella asegura que te lanzaste encima y tuvo que salir corriendo.

—¡Si será golfa...! —se enfureció el condenado—. Era yo quien tenía que echar a correr porque me acosaba a todas horas y no estoy tan loco como para jugármela con la chica de Bola de Grasa... ¡Es la verdad, Fredo! ¡La única verdad!

—Y yo te creo, Dino —admitió el llamado Fredo en un tono que no daba lugar al equívoco—. Te creo porque me consta que lo que te sobran son mujeres y tienes fama de haberte cepillado a la mitad de las estrellas de Hollywood. Esa puerca no es digna de ti, pero órdenes son órdenes...

—¿Y no te remorderá la conciencia por haberle volado la cabeza a un amigo?

—Es posible que me remuerda durante un par de días —respondió su verdugo con encomiable sinceridad—. Pero si no te mato me pasaré el resto de mi vida esperando que cualquier «amigo» me vuele la cabeza, y desde mi punto de vista eso es peor. ¡Venga, Bob, deja eso y acabemos…! No por el hecho de que lo enterremos más profundo va a estar más muerto.

Su compinche obedeció dando por concluido el trabajo y en el momento de abandonar la fosa empujó dentro al atribulado Dino Ferrara, que cayó de rodillas y que pese a tener las manos atadas hizo un notable esfuerzo con el fin de erguirse y poder mirar de frente a quienes le iban a ejecutar a sangre fría.

—¡Al menos moriré de pie! —dijo—. ¡Dame un último cigarrillo…!

—¿Es que quieres morir joven? —inquirió burlón Fredo—. Ya debes haber oído eso de que «el tabaco mata», aunque bien mirado en este país muere más gente por culpa de una bala que de diez mil cigarrillos.

Hizo un leve gesto de asentimiento hacia su compañero que buscó en los bolsillos del condenado un paquete de cigarrillos y encajó uno en los labios encendiéndoselo a continuación.

—Yo también siento tener que hacerte esto, Dino, créeme —se disculpó—. Me has presentado un montón de tías buenas y no es la mejor forma de pagarte los favores, pero tú mismo decías siempre que quien se mete en este negocio tiene que estar a las duras y a las maduras.

—Es cierto, pero todas las chavalas que te proporcioné estaban duras, ninguna «madura», pero es cosa sabida que el infierno está empedrado con los corazones de los desagradecidos… ¡Perra vida ésta! Me la he pasado corriendo riesgos por acostarme con las mujeres que no debía y ahora me van a matar por no acostarme con la que debía…

En esos momentos, y a no más de una treintena de metros de distancia, hizo por unos instantes su aparición el rostro de Ali Bahar que había estado observando la escena oculto entre la maleza en que había pasado la noche, y que evidentemente parecía un tanto confundido, como si se sintiera incapaz de aceptar que estaba a punto de ser testigo de la ejecución de un hombre maniatado.

Éste acabó por tirar a sus pies el cigarrillo y mascullar en tono de resignada aceptación de su triste destino:

—¡Cuando quieras, sucio esbirro!

—¡Para el carro! —le atajó el pecoso visiblemente ofendido—. El que te vaya a liquidar obedeciendo órdenes no te da derecho a insultarme. Ni soy sucio, porque me baño dos veces por semana, ni soy eso que me has llamado, que no sé qué diablos significa. Yo soy de Kansas, y si elegí la profesión de guardaespaldas es porque mis padres no pudieron enviarme a la universidad, o sea que procuremos guardar la compostura y solucionar este desagradable asunto como caballeros... —Comenzó a preparar pacientemente el silenciador de su pistola como si en verdad lamentara lo que se veía obligado a hacer, pero al alzar la vista descubrió de improviso la alta figura de Ali Bahar que avanzaba hacia ellos hasta quedar al otro lado de la tumba, observándolo todo con gesto interrogante—. ¡Vaya por Dios! —exclamó—. ¡Ya se están complicando las cosas! ¿Tú de dónde diablos sales, y quién te ha dado vela en este entierro...? —Sonrió divertido—. Y nunca mejor dicho...

Su compinche, que en cuanto había advertido que alguien se aproximaba había desenfundado también un arma, observaba de igual modo al recién llegado con curiosidad, pero sin denotar el más mínimo temor hasta que de improviso señaló sorprendido:

—¡Ahí va! ¡Pero si es Osama Bin Laden en persona! ¡El mentecato que está aterrorizando al país!

—¡Pues es verdad! —admitió Fredo sin dar la menor muestra de preocupación—. ¡El jodido Bin Laden que tanto asusta! ¡Pero a mí no me asusta, y ya que estamos aquí aprovecharemos para matar dos pájaros de un tiro! —Se volvió a Dino Ferrara para señalar alegremente—. ¡Mira por dónde vas a tener un compañero de tumba famoso!

—Preferiría estar solo —fue la respuesta—. Este tipo huele a demonios y por lo que tengo entendido ni siquiera es cristiano.

—¡Y qué más da! Mañana los dos oleréis igual, y cristiano o musulmán os estaréis quemando juntos en el infierno por todo el resto de la eternidad.

Alzó el arma dispuesto a meterle una bala en la cabeza, pero sonaron dos disparos casi simultáneos y tanto Fredo como su amigo Bob se encontraron de pronto con los brazos destrozados por sendos balazos.

El aterrorizado Dino Ferrara, que había cerrado por un instante los ojos esperando la muerte, volvió a abrirlos para no dar crédito a lo que estaba viendo, puesto que Ali Bahar empuñaba, impasible, la enorme Magnum aún humeante, que un día perteneciera a Marlon Kowalsky.

—¡Anda la leche! —exclamó alborozado—. ¡Pero si es Harry el Sucio! Y nunca mejor dicho. ¡Gracias! ¡Gracias! ¡Quienquiera que seas! ¡Gracias!

Se apresuró a abandonar la fosa ayudado por su inesperado salvador que le ayudó de igual modo a librarse de las ligaduras de sus muñecas, y de inmediato se apoderó de las armas de sus ineptos verdugos al tiempo que del bolsillo extraía un teléfono móvil para marcar un número.

—¿Bola de Grasa? —inquirió en cuanto le respondieron al otro lado—. Soy yo, Dino. Tu adorado Dino Ferrara. Tengo a tus esbirros heridos y a mi merced, pero no voy a matarlos, porque no soy un asesino. —Hizo una corta pausa para añadir con marcada intención—: Y tampoco soy de los que le roban la novia a los amigos, aunque sean tan cerdos, traidores y sebosos como tú. Recuérdale a esa golfa que está falsificando los cheques y pronto te dejará en la ruina, que ya le dije cien veces que no me acostaría con ella aunque fuera la última mujer de este mundo. —Sonrió de oreja a oreja—. Y que tenga en cuenta que si se ha propuesto hacer asesinar a todos los que la desprecian por puta y por guarra va a necesitar una bomba atómica.

Colgó, se guardó el aparato con la felicidad en el rostro y apuntó con el dedo a los dos heridos para amenazar roncamente:

—¡Y vosotros! Como os vuelva a ver, aquí, entre mi primo y yo os volamos la cabeza. —Tomó a Ali Bahar por el brazo para tirar de él con gesto decidido—: ¡Vamos, primo! —dijo—. Lo primero que tenemos que hacer es darte un buen baño.

Juntos se encaminaron a un enorme coche negro que aparecía aparcado a cierta distancia, Dino abrió la puerta para que su acompañante subiese, y sentándose arrancó alejándose entre una nube de polvo.

—¡La madre que los parió! —se lamentó el casi lloroso Bob—. ¿Y ahora qué hacemos?

—Arrastrarnos hasta la carretera y contar la verdad —le replicó con toda calma el llamado Fredo—. Que el mismísimo Osama Bin Laden apareció como un fantasma surgido de la nada y nos atacó por sorpresa.

La lujosa mansión, símbolo de una de las épocas más brillantes de la historia del séptimo arte, había ido perteneciendo sucesivamente a algunas de sus más rutilantes estrellas, por lo que su actual propietaria, la hermosa, curvilínea, sofisticada y en verdad talentosa Liz Turner, se encontraba en esos momentos en todo su esplendor de unos gloriosos treinta y cinco años.

Las paredes del amplio salón, la escalera que llevaba al piso alto, su gigantesco dormitorio e incluso los pasillos que conducían a la cocina aparecían engalanados con carteles de sus películas o provocativas fotos en algunas de las cuales se la advertía bastante ligera de ropa; en esos momentos la satisfecha dueña de tan fastuoso lugar descansaba tendida en una hamaca al borde de la enorme piscina, fumando un largo habano y recitando con voz profunda y grave los diálogos del guión que mantenía en las manos.

—Hagas lo que hagas y me ofrezcas lo que me ofrezcas, jamás obtendrás mi amor... Conseguirás mi cuerpo, pero mi alma siempre pertenecerá a otro hombre... —En ese punto se interrumpió, dio una larga calada a su cigarro y comentó para sí misma en otro tono—: ¡Esto es una chorrada...! ¿Cómo se lo suelto a George si está como para comérselo? ¡Malditos guionistas!

Se disponía a continuar leyendo, pero le interrumpieron unos discretos golpes en la puerta que se abría en el alto seto que la mantenía a salvo de miradas indiscretas, lo cual evidentemente le molestó sobremanera por lo que se apresuró a esconder en un florero cercano el habano para alzar la voz inquiriendo en tono malhumorado:

—¿Quién diablos es?

—¡Soy yo, Liz....! —le respondió una voz apagada—. Dino, Dino Ferrara... ¡Abre por favor...!

—¿Dino...? —repitió sorprendida—. ¿Y qué tripa se te ha roto a estas horas? Sabes muy bien que los fines de semana los dedico a aprender diálogos y no me gusta que me molesten...

—¡Naturalmente que lo sé...! —fue la respuesta en el mismo tono entre asustado y suplicante—. ¡Pero es que esto es muy importante! ¡Cuestión de vida o muerte...! ¡Abre, por favor...!

La actriz dudó unos instantes pero al fin se encaminó a la puerta con gesto de hastío.

—¡Como lo de vida o muerte sea irse a la cama te voy a dar una patada en el culo que te vas a enterar...! —señaló.

No obstante, al abrir la puerta y enfrentarse al pálido, desencajado, arrugado y cubierto de tierra Dino Ferrara, su expresión cambió, alarmándose.

—¡Caray...! —no pudo evitar exclamar—. ¿Qué diablos te ha pasado? ¿De dónde sales?

—¡De la tumba...! ¡Y lo digo en serio! Bola de Grasa ordenó que me mataran y si no es por un tipo que me salvó en el último momento, a estas horas estaría fiambre... ¡Necesito que me hagas un gran favor...!

—Sabes que no me gusta meterme en tus líos de mafiosos —fue la agria y poco diplomática respuesta—. Pero menos me gusta dejar a un ex amante en la estacada. ¿Qué puedo hacer por ti?

—Permitir que mi amigo se quede en tu casa esta noche. —Alzó la mano interrumpiendo su protesta para insistir—: ¡Sólo será por esta noche, te lo prometo...! ¡Mañana lo sacaré de aquí!

—¿Y quién me lo garantiza?

—Yo. He decidido largarme una temporada de la ciudad y me lo llevaré conmigo. —Le aferró las manos con gesto suplicante al añadir—: ¡Sabes que siempre cumplo mis promesas!

—Eso es muy cierto; siempre cumples lo que prometes, pero te repito que no me gusta meterme en tus sucios negocios...

—Pero es que en esta ocasión no se trata de un negocio; se trata de salvarle la vida a un hombre...

—¿Es un mafioso?

—¡No, por Dios! —replicó de inmediato un escandalizado Dino Ferrara—. ¡En absoluto! Es un pobre infeliz que no le ha hecho mal a nadie...

—¿En ese caso cómo es que anda con un tipo como tú?

—No anda conmigo —le aclaró—. No le había visto en mi vida, pero dio la casualidad de que pasaba por el bosque en el momento en que iban a liquidarme, se jugó el tipo y me salvó.

—¿Sin conocerte? —se sorprendió ella.

—Sin conocerme.

—¡Bueno! No sé de qué me extraño —fue el agrio

comentario—. Si te salvó la vida resulta evidente que debió ser porque no te conocía.

—Si no lo oculto lo matarán...

Liz Turner dudó de nuevo, observó a su ex amante, movió de un lado a otro la cabeza negativamente, estuvo a punto de cerrarle la puerta en las narices, pero al fin acabó por asentir de mala gana:

—¡Está bien...! —dijo—. Te salvas porque los fines de semana dejo libre al servicio y nadie podrá verle. Pero eso tú ya lo sabías... ¡Naturalmente que lo sabías! ¡Anda, dile que pase!

Se encaminó de regreso a la hamaca, dejó el guión sobre la mesa, recuperó su cigarro de entre las flores, lo encendió y se volvió con la mejor de sus sonrisas y un gesto evidentemente teatral hacia el recién llegado que había hecho su aparición en la puerta llamado por Dino.

—¡Buenos días, señor...! ¡Bienvenido a mi humilde morada...! —De improviso la sonrisa se heló en sus labios y su rostro quedó blanco como el papel al balbucear incrédula—: ¡Anda mi madre...!

Las piernas le fallaron por lo que cayó despatarrada sobre la hamaca mientras una de sus coquetas zapatillas iba a parar a la piscina y el habano se le escapaba de entre los fláccidos dedos.

Dino Ferrara corrió a su lado, recogió el habano y la zapatilla y le cacheteó levemente la mejilla obligándole a que reaccionara.

—¡Tranquila, querida...! —suplicó—. ¡Tranquila...! ¡No es quien tú crees! —Se volvió a Ali Bahar para indicarle—: ¡Trae un poco de agua! —Casi de inmediato reparó en la inutilidad de su demanda para añadir—: ¡Qué diablos digo, si no entiende un carajo!

Por su parte Ali Bahar, que no se explicaba, como

casi siempre, qué era lo que estaba ocurriendo, se limitaba a permanecer en pie junto a la puerta observando a la hermosa mujer y la fastuosa piscina con auténtica estupefacción.

—¡Pero si es Osama Bin Laden! —sollozaba casi histéricamente la pobre mujer—. ¡El terrorista en mi propia casa…!

Dino se apresuró al tiempo que sacaba del bolsillo una revista y la abrió mostrando una serie de fotografías del auténtico Bin Laden.

—¡No! No lo es —dijo—. He estado estudiando estas fotos y resulta evidente que no lo es. Éste es más joven y no tiene esa cicatriz aquí sobre el ojo…

—¡Se la habrán operado! —fue la inmediata respuesta—. ¡Anda que no me han quitado a mí arrugas y cicatrices…!

—¡Te repito que no es el terrorista…! —insistió su ex amante—. ¡Fíjate en qué pinta de infeliz tiene…! Y por si fuera poco, no habla una palabra de inglés mientras que todo el mundo sabe que el auténtico Osama Bin Laden se crió en Inglaterra y estudió en Oxford.

—¿Y si no es el auténtico Osama Bin Laden, quién es y de dónde diablos ha salido?

—Por lo poco que he conseguido entenderle cuidaba cabras en el desierto y alguien lo secuestró para traerle aquí.

—Esa parte de la historia debe ser cierta porque hiede a cabra a un kilómetro —admitió la actriz—. Lo sé muy bien porque mi abuelo era cabrero en Oklahoma y aún tengo su olor en la nariz.

—¡Ayúdanos, te lo suplico! —insistió una vez más Dino Ferrara—. No tenemos otro sitio adonde ir.

—¿Y por qué no te lo llevas a casa de Susan Davis?

—quiso saber ella—. Al fin y al cabo es tu novia actual.

—Por eso mismo... —fue la rápida respuesta no exenta de una absoluta lógica—. Allí es adonde irán a buscarme en primer lugar, pero por suerte está rodando en Berlín y por lo tanto no corre peligro. Y como comprenderás, a mi casa tampoco puedo llevarle. No duraríamos ni diez minutos...

La atemorizada pero compasiva Liz Turner dudó una vez más, estudió con mayor detenimiento al despojo humano que continuaba en pie al otro lado de la piscina y que no cesaba de rascarse mientras lo observaba todo como idiotizado, y al fin lanzó un suspiro de resignación al tiempo que se encogía de hombros y golpeaba con afecto la mano de su antiguo amante.

—La verdad es que tienes razón y si ese cretino es un temible terrorista yo aún no sé lo que es una mamada.

—¿Significa eso que puede quedarse?

—Pero por una noche. ¡Sólo por una noche!

Él le besó las manos con innegable fervor al exclamar:

—¡Sabía que no me fallarías! Sigues siendo la mujer más maravillosa que nunca he conocido. ¿Por qué fui tan estúpido como para no casarme contigo cuando tuve ocasión?

—Porque yo no soy tan estúpida como para casarme con un chulo mafioso por muy bueno que sea en la cama... —Apuntó con el dedo al silencioso y casi indiferente Ali Bahar para puntualizar sin dejar margen a ningún tipo de negativa—: Se quedará esta noche, pero lo primero que tienes que hacer es quemar toda su ropa en aquel bidón y obligarle a meterse en la piscina hasta que se le ahoguen las pulgas y los piojos. No quiero que me infecte la casa, ni que ese olor me devuelva a los traumas de mi infancia. Me volvería a gastar una fortuna en psiquiatras. Y mañana te lo llevas o llamo a la policía.

Mohamed al-Mansur, el feroz y astuto lugarteniente del todopoderoso y temido terrorista Osama Bin Laden, no parecía en absoluto feroz, astuto, ni mucho menos terrorista vistiendo como vestía una llamativa camisa estampada a base de grandes flores amarillas y unos bermudas rosas, asistiendo a un partido de béisbol de cuyo desarrollo no entendía absolutamente nada.

Fue a partir de la segunda «entrada» cuando vino a ocupar el asiento contiguo su hombre en California, Malik el-Fasi, que exhibía una vestimenta bastante similar y que además llegaba devorando una enorme bolsa de palomitas de maíz.

—Es un sitio absurdo para citarse —le espetó Mohamed al-Mansur sin volverse a mirar al recién llegado—. Aquí, a la vista de miles de personas.

—A la vista de miles de personas es donde menos llamamos la atención —sentenció el otro—. Desde que ocurrió lo que ocurrió, mil ojos lo vigilan todo, pero en este lugar ninguno de ellos sería capaz de diferenciarnos de quienes nos rodean. Y te garantizo que incluso los que se ocupan de espiar están ahora mucho más pendientes de lo que ocurre ahí abajo que aquí arriba.

—Y esos tipos de «ahí abajo», ¿por qué se visten de una forma tan ridícula? —quiso saber su jefe.

—Es el uniforme tradicional de los jugadores de béisbol —le replicó Malik el-Fasi.

—De un mal gusto horrible si me permites que te lo diga —puntualizó quisquillosamente Mohamed al-Mansur—. Y aquel del fondo, el que siempre está acuclillado no para de tocarse los huevos, lo cual me parece una absoluta falta de respeto, sobre todo teniendo en cuenta que aquí hay muchas mujeres.

—No es que se toque los huevos —señaló su hombre en California armándose de paciencia—. Es que le hace señas al lanzador de cómo y por dónde debe enviarle la pelota...

—¿Y no podría hacerle las mismas señas tocándose el pecho o la nariz?

—No, porque entonces el bateador lo vería de reojo y sabría de antemano por dónde le va a enviar la pelota el lanzador.

—Pues te advierto que ese «lanzador» es muy bestia y tiene muy mala intención. Siempre tira a dar y si yo fuera el que tiene el palo le atizaría con él en la cabeza... —El lugarteniente de Osama Bin Laden hizo un leve gesto despectivo con la mano, tomó un puñado de palomitas de maíz y comenzó a metérselas en la boca mientras añadía—: Pero dejemos eso... ¿Qué sabes del tipo que estamos buscando?

—Nada aún, pero tengo a doscientos hombres vigilando cada parque, cada puente, cada edificio abandonado y hasta cada rincón de lo que aquí se considera los bajos fondos.

—¿Y por qué los bajos fondos?

—Porque es de suponer que es el único lugar donde puede ocultarse un fugitivo que no habla inglés, no tiene dinero, ni conoce a nadie. Como comprenderás, no soy tan estúpido como para buscarlo en Beverly Hills.

—¿Y eso qué es?

—El lugar en el que viven los millonarios y las estrellas de cine. En esa zona en cada esquina monta guardia un vigilante armado, y no se mueve ni una mosca sin que todo el mundo se entere. Los Ángeles es como una jungla en la que cualquier cosa puede ocurrir en cualquier momento, pero los verdaderamente ricos viven en una especie de fortaleza que los mantiene alejados de todos los peligros.

—¡De acuerdo! —admitió Mohamed al-Mansur—. ¡Olvida el Beverly ese! ¿Cómo piensas atrapar vivo, y recalco mucho lo de «vivo», porque así lo exige Osama, a alguien a quien el resto del mundo quiere muerto?

—Con la ayuda de Alá.

Su interlocutor se detuvo en su tarea de masticar palomitas de maíz y se volvió para dirigirle una mirada que tenía algo de asombro y bastante de desprecio.

—¿Con la ayuda de Alá? —repitió con innegable ironía—. En ese caso devuélveme el millón de dólares que te he dado para que pagues a tu gente, porque, que yo sepa, Alá no cobra tan caro.

—¡No! Ya sé que no cobra tan caro —fue la hábil respuesta—. Pero ese dinero lo estoy empleando en facilitarle el trabajo permitiendo que le proporcione a uno de mis hombres las pistas que nos lleven hasta el impostor. Como comprenderás, por muy dispuesto a ayudarnos que estuviera, no creo que viniera a contarme personalmente, dónde demonios se oculta.

De pronto, ante un soberbio batazo, todo el público se puso en pie gritando de entusiasmo visto que la bola volaba y volaba hasta abandonar el estadio.

—¿Has visto eso? —inquirió un fascinado Malik el-Fasi—. ¡Ese dominicano es un auténtico fenómeno!

Ali Bahar temblaba y estornudaba sentado en un escalón de la piscina con el agua al cuello.

Al poco, en la puerta que conducía al interior de la mansión hizo su aparición Liz Turner, siempre con un habano en la boca, que le observó con gesto de profundo desagrado y cierta preocupación.

—¡Anda, sal! —señaló al poco—. Supongo que los piojos y las pulgas ya se habrán ahogado... —Ante la pasiva actitud del otro insistió—: ¡Sal, te he dicho! A ver si vas a coger una pulmonía...

Como resultaba evidente que Ali Bahar se mostraba reticente debido sin duda a que se sabía desnudo, le tendió afectuosamente la mano.

—¡Venga! —dijo—. No seas tímido... ¿Acaso te imaginas que eres el primer hombre que veo en pelotas...?

Tras una nueva duda Ali Bahar comenzó a ascender tímidamente por las escaleras; Liz Turner le observó con mayor detenimiento, su vista descendió unos centímetros y casi al instante su rostro mostró la magnitud de su asombro:

—¡Pues sí que lo es...! —admitió convencida—. ¡Jamás había visto a un hombre desnudo!

Como consecuencia, en cierto modo lógica, de tan sorprendente descubrimiento, cuando a la mañana siguiente sonó de modo insistente el timbre de su puerta, en lo alto de la gran escalera semicircular de su preciosa residencia hizo su aparición una Liz Turner cubierta apenas con un vaporoso salto de cama negro, que descendió sin prisas y se mostró desagradablemente sorprendida al enfrentarse al preocupado rostro de Dino Ferrara.

—¿Qué haces tú aquí? —quiso saber.

El recién llegado se desconcertó un instante, pero de inmediato se volvió para mostrar la enorme roulotte que había aparcado frente a la entrada de la lujosa mansión.

—La he alquilado para llevarme a México a Ali Bahar.

—Será pasando por encima de mi cadáver —fue la tranquila respuesta—. Mientras yo tenga fuerzas, Aladino no vuelve a salir de esta casa.

El otro cerró a sus espaldas y se enfrentó a ella cada vez más perplejo.

—¿Es que te has vuelto loca? —inquirió alzando levemente la voz—. ¿Y qué significa eso de Aladino?

—Significa que tu amigo posee una especie de lámpara maravillosa que en cuanto la frotas se convierte en un genio que te traslada al paraíso… Y como comprenderás, para una vez en la vida que una encuentra un genio, no va a dejarlo escapar así como así. ¡Me lo quedo!

—¡No puedo creerlo…! —replicó su ex amante dejándose caer en la butaca más cercana—. ¿Piensas arriesgarte escondiendo en tu casa a un fugitivo al que todo el país anda buscando? Recuerda que medio mundo le odia.

—¡No hay problema…! —señaló la actriz con una leve sonrisa y segura de sí misma—. Y nadie le odia, puesto que como tú mismo me hiciste comprender ayer no es Osama Bin Laden.

—¿Cómo que «no hay problema»? —se escandalizó el otro—. ¿Qué piensas hacer con él? ¿Encerrarlo en el sótano como si fuera el monstruo de Frankenstein?

—¡En absoluto!

—¿Acaso se te ha ocurrido la absurda idea de cambiarle la cara? Ningún cirujano plástico en su sano juicio aceptará la idea de operarle. Ese tipo es una bomba andante.

—No creo que sea necesario... —señaló la dueña de la casa con absoluta naturalidad—. Es mucho más fácil que todo eso... —Le hizo un leve gesto para que permaneciera donde estaba y a continuación alzó la voz—: ¡Ali...! —llamó hacia lo alto—. ¡Ali, querido, baja, por favor! ¡Ven a saludar a Dino!

A los pocos instantes, en lo alto de la escalera hizo su aparición Ali Bahar, pero ahora se trataba de un Ali Bahar muy diferente, puesto que se había afeitado la barba y depilado las cejas, llevaba el pelo corto y engominado, portaba gafas oscuras, lucía un fino bigote perfectamente recortado y vestía impecablemente de blanco, con blancos zapatos y camisa roja.

En realidad parecía una estrella de cine de los años treinta en la que ni remotamente resultaba posible reconocer a un andrajoso pastor de cabras que jamás hubiera abandonado su desierto natal.

Mientras descendía, parsimonioso y sonriente, Dino Ferrara le observaba estupefacto y al fin no pudo por menos que exclamar:

—¡Dios bendito! Si no lo veo no lo creo.

—¿Verdad que parece otro?

—¡Y tanto! ¡Pero ese traje es mío!

—«Era» tuyo, aunque lo pagué yo —fue la tranquila respuesta de la estrella—. Mis ex maridos y ex amantes me han dejado aquí tanta ropa que podría vestir a todos los figurantes de *Lo que el viento se llevó* y creo que aún me sobrarían calzoncillos. Estarás de acuerdo conmigo que en estos momentos ni su propia madre lo reconocería.

Al llegar abajo, Ali Bahar abrazó con fuerza y con indudable afecto al cada vez más aturdido Dino Ferrara.

—¡Dino, amigo! —exclamó en un inglés macarrónico y casi ininteligible—. ¡Gran amigo! ¡Gracias, gracias! Yo doce veces contento...

—No le entiendo. ¿Qué ha querido decir con eso? —quiso saber el aludido volviéndose a su ex amante.

—Que se pone muy contento cada vez que hacemos el amor —fue la tranquila respuesta de la interrogada.

—¿Doce veces en una noche...? —se escandalizó el otro—. ¡No puede ser!

Ella se limitó a encogerse de hombros con fingida indiferencia al replicar sin perder la sempiterna sonrisa que iluminaba aún más su ya de por sí luminoso rostro.

—¡Eso, contando por lo bajo...! —dijo—. ¿Entiendes ahora por qué no puedo permitir que semejante diamante en bruto salga de esta casa?

—¡Naturalmente que lo entiendo! —admitió el otro—. Y cuenta conmigo para guardarte el secreto, porque si una cosa así saliera a la luz pública mi prestigio personal se iría al garete...

—¡Y que lo digas...! —reconoció ella con casi brutal sinceridad—. Siempre te consideré un fuera de serie, pero lo cierto es que a partir de ahora tu cotización sexual en bolsa ha caído en picado, aunque en compensación tu cotización como amigo y como persona decente ha alcanzado cotas insospechadas.

—¡Triste consuelo! —se lamentó el otro—. Pero algo es algo... —Hizo un leve gesto hacia Ali Bahar que había tomado asiento frente a él para inquirir—: ¿Y qué piensas decir cuando te pregunten de dónde lo has sacado?

—De momento nadie va a preguntar nada porque he telefoneado al servicio indicándole que se tome unas vacaciones hasta nuevo aviso. No se han sorprendido, porque saben que suelo hacerlo cuando tengo un nuevo romance y me gusta disfrutarlo sin testigos. Luego ya se me ocurrirá algo.

—¿Como qué? —insistió Dino Ferrara—. Un personaje así no crece en el jardín como si fuera un tomate. Recuerda que eres un *sex-symbol* y que los periodistas intentarán averiguar quién es, cómo se llama, a qué se dedica y cuál es su nacionalidad.

—¡Lo pensaré mañana!

—¡Oh, vamos querida! —se impacientó su interlocutor—. Ni eres Scarlett O'Hara ni estás interpretando un papel. Eres Liz Turner, una estrella que se puede estrellar si llegara a descubrirse que estás protegiendo a alguien a quien tus admiradores odian con razón o sin ella. ¡Piensa en tu carrera!

Ella tardó en responder, se aproximó a Ali Bahar acomodándose en el brazo de su butaca, y tras acariciarle dulcemente el cabello, acabó por replicar con sorprendente naturalidad:

—Que yo recuerde, casi desde que tengo uso de razón lo único que he hecho ha sido pensar en mi carrera, lo cual me obligó a pasar en su día por demasiadas camas ajenas y malos tragos, aunque no niego que también me ha proporcionado mucho dinero, ese Oscar que está sobre la repisa de la chimenea, y muchas satisfacciones. —Le guiñó un ojo con picardía—. Sin embargo, esta mañana me veo obligada a admitir que nada de lo que conseguí vale lo que ahora tengo, y por lo tanto, si me viera obligada a elegir entre una noche como la que he pasado o cinco Oscar a la mejor actriz, los miembros de la Academia se podían ir metiendo su querida estatuilla por donde tú sabes. Y a más de uno se le alegraría el cuerpo.

En el momento en que sonó el teléfono Ali Bahar disfrutaba del suave sol de media tarde tumbado en una hamaca completamente desnudo mientras una Liz Turner que nadaba en la piscina igualmente desnuda le lanzaba de tanto en tanto provocativas y apasionadas miradas.

—¡Buenas noches, padre! —dijo en cuanto tomó el aparato—. Porque supongo que ahí es de noche.

—Lo es, hijo, lo es, aunque alguna vez me gustaría poder decirte lo contrario puesto que ello significaría que los vientos vuelven a soplar del noroeste. ¿Cómo te encuentras hoy?

—¡Maravillosamente, padre, te lo juro! Y tenías tú razón; no sé si estoy vivo o muerto, pero lo cierto es que éste es el auténtico paraíso que prometió Mahoma. —Se observó significativamente la entrepierna para añadir con una leve sonrisa—: ¡Por cierto! El gran defecto que tanto molestaba a mi difunta esposa, y que hizo que ninguna otra mujer de la tribu quisiera casarse conmigo, aquí no parece que se considere un defecto, sino todo lo contrario.

—¿Estás seguro?

—¡Naturalmente! Lo que allí era motivo de quejas y denuestos, aquí se ha convertido en motivo de risas y alabanzas. Con decirte que a veces incluso me lo adornan con flores.

—¿Flores? —se asombró el anciano— Aquí sólo se le ponen flores a los muertos. ¿No se te habrá muerto?

—¡No, padre, descuida! —le tranquilizó su vástago—. Está más vivo y más activo que nunca.

—Pues recordando lo que solía decir tu pobre esposa, eso ya debe ser como para salir corriendo. ¿No te repudian las mujeres?

—¡En absoluto! Sólo tengo una, pero jamás se cansa.

—¿Una sola? ¿Y jamás se cansa? Ciertamente debe tratarse de una de las auténticas huríes que nos prometió el Profeta. —El viejo Kabul dejó escapar un profundo suspiro al señalar—: Si realmente el paraíso es así, no me importará que me lleven a él lo más pronto posible.

—No tengas prisa —le recomendó su hijo—. No tengas prisa. Las huríes pueden esperarte un poco más. Dile a Talila que no me he olvidado de sus zarcillos. ¡Os quiero mucho! ¡Buenas noches!

Colgó, dejó el aparato bajo la toalla para que no le diese el sol y continuó tomando plácidamente ese sol hasta que Liz Turner surgió del agua y acudió a su lado para comenzar a untarle aceite protector con innegable sensualidad no exenta de un provocativo erotismo.

A continuación encendió un habano, le encendió de igual modo a Ali Bahar la vieja cachimba, y permanecieron así los dos, abrazados y fumando relajadamente hasta que la puerta que conducía al exterior se abrió con estruendo para que hicieran su aparición tres amenazadores comandos vestidos de negro y armados hasta los dientes.

Seis o siete más saltaron el muro cayendo sobre la hierba para rodar acrobáticamente apuntándoles con sus metralletas, al tiempo que otros cuatro descendían con cuerdas por la fachada de la casa.

Todo fue confusión, amenazas y órdenes de alzar los brazos, hasta que los intrusos repararon en el hecho de que quien tenían ante ellos, totalmente desnuda y con las manos sobre la cabeza, era la estrella cinematográfica del momento.

—¡La madre que me parió! —exclamó el primero en caer en la cuenta—. ¡Pero si es Liz Turner! ¡Y en pelota!

—¡Cómo está la tía! —masculló entre dientes quien tenía a su derecha.

—¿No les parece que están llevando demasiado lejos eso de perseguir a los fumadores? —le espetó la indignada actriz—. ¿Es que ya no puedo fumar ni en mi propia casa?

El sempiterno coronel Vandal, que acababa de irrumpir con un arma en la mano, tardó unos segundos en captar cuál era la auténtica situación y al fin optó por avanzar cuadrándose respetuosamente pese a que resultaba evidente que se veía obligado a tragar saliva para mantener la necesaria compostura ante tan insólita situación.

—Perdone que hayamos invadido su casa, señorita —balbuceó apenas—. No se trata de la campaña antitabaco. Es que estamos buscando a un peligroso terrorista.

—¿Pretende insinuar que tenemos aspecto de terroristas?— quiso saber fingiendo perfectamente su indignación la sin duda excelente actriz Liz Turner.

Fue en ese justo momento cuando Ali Bahar se puso en pie, por lo que los ojos de todos los presentes no pudieron evitar clavarse en un punto muy concreto de su anatomía.

Uno de los recién llegados, que pese a ser una bestia con aspecto de armario exhibía unos ademanes claramente amanerados, comentó en tono de profunda admiración:

—¡Santo cielo! ¡Qué maravilla! ¿Tú has visto eso?

Quien se encontraba a su lado no pudo por menos que entreabrir la boca en un claro gesto de incredulidad.

—Pues si eso es lo que hay que tener para ligarse a una estrella de cine vamos de culo. ¡Qué bestia de tío!

Aprovechando el momentáneo desconcierto que el «gran defecto» de su acompañante había conseguido provocar entre los presentes, Liz Turner insistió en su demanda.

—Aún no ha respondido a mi pregunta, coronel —masculló echando fuego por los ojos—. ¿Acaso parecemos terroristas?

—¡No, señorita! —se disculpó el otro cuya vista iba alternativamente de los erguidos pechos de la mujer a la desmoralizadora entrepierna del hombre—. Naturalmente que no. Lo que ocurre es que el terrorista al que andamos persiguiendo se comunica con sus cómplices a través de un teléfono móvil cuya señal nos indica su posición.

—¿Y eso cómo es posible?

—Cosas de la tecnología moderna, señorita. Pero por desgracia lo que ocurre es que cuando es el sospechoso quien llama el margen de error es mínimo, pero cuando le llaman a él, la cosa cambia. Nos consta que tiene que estar por las proximidades, pero a la vista de lo ocurrido no creo que sea buena idea irrumpir a la fuerza en todas las piscinas de Beverly Hills.

—¡No! —admitió ella con una leve sonrisa—. Supongo que no. Pero si lo intentan, no se les ocurra asaltar la casa de Nicholson que en cuanto se bebe dos copas se lía a tiros con los intrusos, o la de los Douglas, que tienen cinco rottweiler capaces de arrancarle una pierna a cualquiera.

—Le agradezco la información, aunque le garantizo que no pienso seguir con esta absurda búsqueda en una zona tan conflictiva. —Se volvió de improviso al amanerado que continuaba clavado frente a Ali Bahar para vociferar autoritariamente—: ¡Número tres! ¡Déjese de tonterías que no estoy para mariconadas! ¡Vista al frente!

Aquellos de sus hombres que habían abandonado el interior de la casa tras registrarla minuciosamente se cuadraron ante él aunque sus ojos se dirigieron de inmediato hacia otro lado.

—¡No hay nadie dentro, señor! —dijo uno de ellos—. Falsa alarma… ¡Santo cielo! ¿Y eso qué es?

—¡Nada, hijo, nada! —le calmó de inmediato el atribulado coronel Vandal—. No te dejes impresionar por lo primero que veas. —A continuación se cuadró de nuevo ante la dueña de la casa para señalar respetuosamente—: Lamento profundamente lo ocurrido, señorita. Son cosas que pasan.

—Lo entiendo y lo disculpo —le tranquilizó ella con estudiada amabilidad—. Como suele asegurar nuestro amado presidente, la seguridad de Estados Unidos y el bienestar de sus ciudadanos debe anteponerse a cualquier otra consideración.

—¡Sabias palabras! —corroboró su interlocutor—. ¡Muy sabias! Dignas de nuestro presidente. ¡Siempre a sus órdenes! Perdonen las molestias y que ustedes lo pasen bien…

—¡Ya lo creo que lo van a pasar bien! —no pudo por menos que murmurar muy por lo bajo el amanerado—. ¡Qué suerte tienen algunas…!

El abrumado coronel Vandal se alejó mohíno, cabizbajo, acomplejado y mascullando casi para sus adentros:

—¡Qué ridículo, madre! ¡Qué ridículo! ¡Y qué complejo!

Ya en la puerta se despojó de la gorra y comenzó a golpear con ella al hombre que cargaba el pesado y sofisticado aparato de radio.

—¿Conque éste era el punto exacto, estúpido? —le espetó—. ¿Para qué queremos tanto satélite y tanta tecnología? Nos gastamos miles de millones en aparatos que no sirven para nada.

—Ya le advertí que existía un pequeño margen de error —fue la tranquila respuesta al tiempo que hacía un amplio gesto señalando las hermosas mansiones que se extendían a su alrededor al añadir—: Ese tipo tiene que estar muy cerca, se lo aseguro.

—¿Y qué espera que hagamos, Flanagan? —le replicó su indignado superior—. ¿Invadir las casas de todas las estrellas de Hollywood? Ya ha oído cómo se las gastan. ¡Cretino…! ¡Estoy rodeado de cretinos!

Cuando ya se alejaban calle adelante camino de las negras camionetas que aguardaban tras la siguiente esquina, uno de sus hombres se volvió al amanerado para inquirir señalando a sus espaldas.

—¡Pero bueno! Yo es que no me aclaro; ese tipo tan alto que más bien parece un anuncio de mortadela que una persona normal, ¿quién diablos es?

—¡Una estrella del cine porno, imbécil! —fue la desabrida respuesta—. ¿Qué otra cosa podría ser?

—¡Pues como cobre por metros debe estar forrado!

Una esplendorosa Liz Turner, que lucía una amplia pamela haciendo juego con su vestido azul cielo, conducía un lujoso Rolls-Royce descapotable blanco que avanzaba por amplias avenidas bordeadas de palmeras, mientras a su lado se sentaba un Ali Bahar, más elegante que nunca, que observaba con el desconcierto y la atención acostumbrados en él, la sorprendente vida que se desarrollaba a su alrededor.

Tras un largo y triunfal paseo por las amplias avenidas y autopistas de la ciudad de Los Ángeles atravesaron la puerta de unos estudios de cine, cuyos porteros la saludaron con afecto, para adentrarse de inmediato en un confuso y abigarrado mundo lleno de figurantes vestidos de las más extrañas formas, ya que podían distinguirse desde romanos, indios y vaqueros, a soldados de la Segunda Guerra Mundial y mosqueteros.

Cuando en un momento dado el señorial vehículo cruzó junto a un grupo de falsos beduinos que aguardaban pacientemente frente a medio centenar de cabras y camellos, Ali Bahar no pudo evitar ponerse en pie y saludarlos alegremente pronunciando ininteligibles palabras en su idioma, lo cual en buena lógica trajo aparejado que los aburridos y desconcertados figurantes, mexicanos en su mayor parte, le mirasen como si en verdad estuviera loco.

Al fin el vehículo se detuvo, la actriz descendió con los ademanes propios de una reina del celuloide para tender la mano a su amado, colgándose de su brazo y apoyando la cabeza en su hombro con un gesto que denotaba que sentía por él auténtica adoración, para penetrar así por una pequeña puerta lateral que conducía a los camerinos.

Media hora más tarde una provocativa Liz Turner enfundada en una especie de mono rojo muy ajustado que tenía la virtud de resaltar aún más su magnífica figura, penetraba en el inmenso plató central de los estudios conduciendo de la mano a un Ali Bahar que permaneció largo rato con la boca abierta al descubrir que desembocaban en un gigantesco decorado que representaba con tan absoluta propiedad que parecía real, el interior de una gigantesca nave espacial.

Docenas de personas iban de un lado a otro preparando el rodaje, las grúas se movían, los ayudantes gritaban, los carpinteros golpeaban y los pintores daban los últimos retoques a tan prodigiosa obra de arte, mientras el pelirrojo y melenudo Stand Hard, que lo observaba todo a través de un enorme monitor de televisión, impartía secas y muy precisas órdenes.

Al ver llegar a la pareja se interrumpió unos instantes en su tarea con el fin de saludar con un beso a la protagonista de la mayor parte de sus películas, y a continuación estudió de arriba abajo a su desconocido acompañante que continuaba observándolo todo con aire idiotizado.

—¡Hola, querida! —dijo—. ¡Me maravilla que por

primera vez en tu vida seas puntual! ¿Y éste quién es?

—Mi próximo marido.

—¡Vaya por Dios! —se vio obligado a exclamar el por lo general irónico y quisquilloso director—. ¿Se trata del quinto o el sexto?

—¡El definitivo! —replicó ella con una alegre sonrisa—. Sé que suena a tópico, pero creo que al fin he encontrado al hombre de mi vida; es un tigre en la cama, se come sin protestar todo lo que cocino, fuma, es dulce, cariñoso y además no habla porque no sabe una palabra de inglés.

—Pregúntale si tiene una hermana...

—La tiene. Y tampoco habla porque tampoco sabe inglés...

—Invítala a cenar una noche de éstas —le rogó el otro guiñándole un ojo—. Estoy hasta el gorro de estúpidas seudointelectuales que me consideran un ser inferior por el simple hecho de que únicamente dirijo películas de acción.

—Con tu talento podrías dirigir lo que quisieras... —le hizo notar ella con absoluta naturalidad—. Y ya te he dicho mil veces que cuando encuentres una historia seria que valga la pena trabajaré por la cuarta parte de lo que cobro normalmente.

—¡Escucha, querida! —fue la agria respuesta—. A la pandilla de pretenciosos ejecutivos que en la actualidad dirigen los grandes estudios no les interesan las buenas historias, ni mucho menos las buenas películas, y como comprenderás no pienso ir contra ellos porque tengo tres avariciosas ex esposas, que más bien parecen buitres, a las que pagar una pensión alimenticia.

—¡Lástima!

—¡Lástima en efecto! Debí pensar en mi carrera antes de casarme tantas veces, pero en ese caso no tendría cuatro preciosos hijos. —Hizo un gesto hacia el centro del plató—. ¡Y ahora vuelve a tu marca, recuerda lo que te expliqué el último día, y haz tu trabajo como sólo tú sabes hacerlo! Es la última escena y tiene que quedar perfecta, porque quiero acabar esta mierda antes del viernes. —Se desentendió de ella para gritar por un micrófono—: ¡Silencio! ¡Rodamos en dos minutos!

La actriz indicó a Ali Bahar que se acomodase en una silla en cuyo respaldo podía leerse «Miss Turner» y le hizo un significativo gesto para que observase con atención llevándose el dedo a los labios ordenándole silencio.

A continuación se dirigió al punto indicado por Stand Hard con el fin de colocarse sobre una pequeña marca de tiza que apenas se distinguía en el suelo y cerrar los ojos concentrándose en lo que tenía que hacer.

Una peluquera y un maquillador acudieron de inmediato a retocarla, un nervioso director de fotografía hizo sus últimas comprobaciones con ayuda del fotómetro, todos los asistentes se fueron quedando muy quietos y en silencio, y al fin el pelirrojo director ordenó escuetamente:

—¡Cámara! ¡Acción!

Liz Turner se inclinó a mirar a través de un sofisticado microscopio que descansaba sobre la mesa, al poco alzó el rostro con gesto de profunda preocupación, alargó la mano con el fin de apoderarse de una serie de documentos, y fingió comenzar a estudiarlos totalmente ajena al hecho de que a sus espaldas se había abierto una gran puerta por la que al poco hizo su sigilosa entrada un gigantesco monstruo tan espantosamente repugnante como el protagonista de la famosa serie *Alien*, de quien parecía descender por línea materna.

Se movía con sigilo, en absoluto silencio, y resultaba tan convincente que la mayor parte de los presentes contuvieron la respiración al tiempo que el rostro de Ali Bahar, con los ojos como platos y la boca entreabierta, mostraba a las claras que se le había helado el alma.

Liz Turner volvió a inclinarse sobre el microscopio, el monstruo continuó su avance, y el impresionado Ali Bahar intentó gritar aunque las palabras se negaron a salir de su boca.

Al fin la actriz advirtió que algo extraño ocurría a sus espaldas, se volvió con estudiada lentitud, pero resultó ser ya demasiado tarde, por lo que se enfrentó a su enemigo sin escapatoria posible puesto que la pesada mesa que se encontraba tras ella le impedía correr.

La bestia le aproximó el rostro, de la negra boca surgió una larga lengua amoratada y babosa de la que escurría un líquido verdusco y viscoso, Liz Turner gritó de terror, y en ese instante Ali Bahar no pudo contenerse por más tiempo y sin meditar las consecuencias de sus actos se precipitó sobre el monstruo golpeándole violentamente con la cabeza en el costado con el fin de apartarle de su amada.

Pero para su desgracia la armadura de la repugnante criatura era metálica, debido a lo cual rebotó como una pelota de tenis quedando momentáneamente aturdido.

Sacudió por tres veces la cabeza, se apoyó por un instante en la columna más cercana sin reparar en el revuelo que se había armado, advirtió que la desconcertada Liz Turner gritaba más que nunca, y tras buscar un arma a su alrededor se apoderó de una silla de hierro para lanzarse de nuevo al ataque propinando a su enemigo un sinfín de furiosos silletazos.

El decorador y un par de tramoyistas corrieron a detenerle dando alaridos, pero se zafó de ellos y no se detuvo hasta que los cables del supuesto monstruo quedaron al descubierto, con lo que el metal de la silla hizo contacto provocando un cortocircuito seguido de una violenta descarga eléctrica que tuvo la virtud de lanzarle de espaldas, chamuscado y con los pelos en punta, pero orgulloso y sonriente al advertir que tan horrenda criatura surgida de las entrañas de los mismísimos infiernos había comenzado a arder por los cuatro costados.

Cuando por fin los bomberos consiguieron apagar las llamas, sobre el suelo del plató no quedaban ya más que un montón de hierros retorcidos.

Tan sólo entonces el desolado director de tan costosa superproducción se aproximó a su actriz protagonista que, sentada en el suelo, sostenía entre sus manos la desgreñada cabeza del maltrecho pero feliz Ali Bahar.

—¡Maldito loco hijo de puta! —no pudo por menos que exclamar fuera de sí—. ¡Me ha destrozado el monstruo!

La respuesta llegó seca e inapelable:

—Yo lo pagaré.

—¡Pero es que ese trasto ha costado medio millón de dólares! —le hizo notar el cada vez más atribulado Stand Hard—. ¿Has oído bien? ¡Medio millón de dólares!

—¡No importa! —insistió ella demostrando una absoluta e inalterable convicción—. Los pagaré a gusto. —A continuación acarició la mejilla de su amado al tiempo que musitaba con una leve sonrisa—: Esto es lo más hermoso que me ha ocurrido en mi vida y vale ese dinero.

—¿Hermoso que un majareta se líe a silletazos con

un montón de metal, cables y piel sintética? —se asombró su amigo y director—. Siento decirte que estás tan loca como él.

—Para Ali no se trataba de metal, cables y piel sintética —fue la calmada respuesta en la que podía advertirse un claro tono de orgullo—. Para Ali era un auténtico monstruo infernal que pretendía devorarme, por lo que no ha dudado en arriesgar su vida intentando defenderme.

—Si es tan bruto como parece, puede que tengas razón.

—No es que sea bruto; es que jamás ha visto una película y por lo tanto cuanto estaba sucediendo aquí le parecía real.

—¿Y de dónde ha salido?

—Eso no importa —fue la seca respuesta—. Lo que en verdad importa es que nadie me ha demostrado nunca tanto amor, ni creo que nadie vuelva a enfrentarse a un alienígena por mí. —Sonrió orgullosa besando amorosamente al herido al tiempo que añadía—: O por ninguna otra mujer de este mundo...

—¡Muy tierno y muy romántico! —se lamentó el pelirrojo tomando asiento en un cajón—. Todo lo que tú quieras, pero sin esta escena la película no tiene ni final ni sentido, y te recuerdo que el día cinco finaliza tu contrato.

—¡Olvídate del contrato! —señaló ella al tiempo que le hacía un gesto con el fin de que le ayudara a poner en pie al maltrecho beduino—. Yo me largo a pasar unos días al rancho. Tú arregla ese maldito trasto, cárgame los gastos y cuando estés listo para rodar vas a buscarme y terminamos sin prisas la puñetera película. —Le apuntó acusadoramente con el dedo—. Pero si pretendes que sigamos trabajando juntos, procura encontrar un guión en el que por cada cien balas haya por lo menos una idea aunque tan sólo sea medianamente inteligente.

Salam-Salam el animoso, optimista y honrado guía del desierto, hizo su aparición en la puerta de salida de pasajeros tan estrafalariamente vestido como de costumbre, y de inmediato dos hombres le tomaron de los brazos con el fin de arrastrarle, casi en volandas, hasta un enorme automóvil negro que le condujo a un discreto chalet de la playa de Malibú en el que le esperaba Janet Perry Fonda.

La periodista le estudió largamente, pareció sentirse satisfecha de la forma en que el desconocido le devolvía la mirada, y al fin le rogó que tomara asiento en una cómoda butaca para mostrarle a continuación la grabación obtenida en el casino de Las Vegas.

—¿Conoces a este hombre? —inquirió en el momento de congelar la imagen con el rostro de Ali Bahar en primer plano.

—¡Naturalmente! —respondió sin dudarlo el demandado—. Se trata de Ali Bahar, el mejor cazador de mi tribu.

—¿Y qué ha sido de él?

—Dos americanos me pagaron por encontrarle, y más tarde lo drogaron y se lo llevaron en un avión. No he vuelto a saber nada de él.

—Eso quiere decir que no es Osama Bin Laden.

—¿Ali Bahar...? —replicó el asombrado Salam-Salam—. ¡Ni hablar! Lo único que ha hecho en su vida es cuidar de su padre, su hermana y sus cabras.

—¿Reconocerías a esos dos americanos si los vieras o te mostrara una fotografía?

—¡Desde luego! Por si no lo sabía, convivimos en el desierto durante casi una semana. Uno se llama Nick y el otro Marlon.

La Mejor Reportera del Año se mostraba cada vez más satisfecha por las respuestas, hizo una pequeña pausa, sopesó el alcance de su pregunta y por último inquirió:

—¿Tienes idea de para quién trabajaban?

—Para un tal Colillas Morrison.

—¿Estás completamente seguro?

—Les oí referirse varias veces a él, casi siempre despectivamente, como el «cabronazo del jefe» —puntualizó en un tono de absoluta seguridad el hijo de un *khertzan* y una yemenita—. Por lo que pude advertir no sentían por él ni simpatía, ni mucho menos, respeto.

—¿Estarías dispuesto a declarar todo eso ante una cámara de televisión? —quiso saber ella.

—Eso depende —fue la rápida y segura respuesta.

—¿De qué?

—De lo que vaya a obtener a cambio, naturalmente.

—¿Cuánto quieres?

—No se trata de dinero —le hizo notar Salam-Salam en un tono de voz mucho más seco y cortante—. Como siempre, ustedes los americanos todo lo solucionan con dinero. Unos cuantos dólares me vendrían bien, no se lo niego, pero hay otras cosas que importan más.

—¿Como por ejemplo?

—Que lo que cuente sirva para ayudar a Ali Bahar. Fui yo quien llevó a esos hombres a su casa y el que le convenció de que le acompañaran, por lo que siento que de alguna forma, por ignorancia, avaricia o desidia, traicioné su confianza.

Janet Perry Fonda extendió la mano en un amistoso gesto que buscaba interrumpirle y tranquilizarle a la vez que señalaba:

—Te prometo que todo cuanto hagamos estará encaminado a salvar a Ali Bahar de quienes me consta que no buscan otra cosa que eliminarle con el fin de que no se convierta en un testigo en su contra. Para eso estoy aquí y para eso te he hecho venir desde el otro lado del mundo. ¿Alguna otra condición?

—Sólo una.

—¿Y es?

—Un permiso de residencia indefinido en Estados Unidos.

—¡Vaya por Dios! —refunfuñó ella con una leve sonrisa—. No sé por qué me lo estaba temiendo.

—Le ruego que entienda mi posición —le hizo notar el intérprete—. En mi país las cosas están bastante feas, sobre todo para mí, pues son muchos los que me acusan, injustamente, de haber traicionado a uno de los míos. Allí no tengo futuro, pero hablo a la perfección cinco idiomas, por lo que estoy convencido de que aquí podría ganarme la vida honradamente. —Sonrió de oreja a oreja para volver a mostrarse como el optimista guía del desierto que siempre había sido al concluir—: Usted consígame ese permiso de residencia y yo le contaré ante las cámaras todo cuanto sé, que le garantizo que es bastante más de lo que le he contado hasta el presente.

—Conseguir un permiso de residencia permanente puede llevar cierto tiempo.

—No tengo prisa. La visa de turista que me han concedido me permite permanecer tres meses en Estados Unidos.

—En ese tiempo la gente de Morrison puede haber acabado con tu amigo Ali Bahar, con lo que todos nuestros esfuerzos resultarían baldíos.

Salam-Salam sonrió de nuevo mientras negaba una y otra vez con la cabeza como si supiera muy bien de lo que hablaba.

—¡Lo dudo! —dijo—. Conozco a Ali Bahar. Puede que sea un ignorante cabrero analfabeto, pero de tonto no tiene un pelo. Alguien que ha logrado sobrevivir y sacar adelante a su familia en aquel desolado desierto es alguien capaz de sobrevivir en cualquier circunstancia.

—En eso puede que tengas razón, y de hecho lo está demostrando. Se escurre como una anguila.

—¡Puede jurarlo! Si no lo cazaron durante los tres o cuatro primeros días, en los que lógicamente tenía que sentirse profundamente desconcertado, ya no lo cazarán, porque es uno de esos jodidos beduinos que puede enterrarse en la arena hasta la nariz y permanecer tres días sin moverse, comer, beber y casi sin respirar.

—En Los Ángeles resulta muy difícil enterrarse hasta la nariz en ninguna parte —señaló la reportera.

El otro se limitó a indicar con un gesto la larga playa que se perdía de vista más allá del amplio ventanal.

—¡Se equivoca! —dijo—. Ni yo mismo sería capaz de asegurar que Ali no se encuentra en estos momentos debajo de cualquiera de esos montículos, o en el centro de un parque. —Sonrió una vez más—. ¡Piénselo! Le estoy ofreciendo el reportaje del año, y a cambio tan sólo pido un simple permiso de residencia y un puñado de dólares con los que iniciar una nueva vida.

Los servicios de inteligencia de la agencia especial Centinelas de la Patria tardaron dos largos días en detectar que el sucio guía *khertzan* que habían contratado para encontrar a Ali Bahar había entrado en Estados Unidos para desaparecer de inmediato como si se lo hubiera tragado la tierra.

—¡Eso es cosa de la prensa! —aulló en cuanto conoció la noticia un nervioso Philip Morrison—. Ni el FBI ni la CIA se atreverían a hacernos una jugarreta semejante.

—No estaría yo tan segura —argumentó cargada de razón su severa secretaria—. Lo que más les gusta a esos hijos de mala madre es fastidiarnos.

—¿Y por qué habrían de hacerlo? Al fin y al cabo se supone que todos jugamos en el mismo equipo.

—Pero con distintas camisetas —fue la agria respuesta de alguien que nunca perdía la oportunidad de mostrar su carácter—. Recuerde que se molestaron mucho por el hecho de que el presidente nos confiriera poderes especiales de los que ellos carecen. Y los celos profesionales siempre han sido malos consejeros.

—Aunque así sea. Creo que en este caso particular, y visto que ha viajado en un avión de línea regular con visado de turista, la jugada no ha partido de ellos. Algún listillo de la prensa está empeñado en sacar a la luz nuestros trapos sucios y no estoy dispuesto a consentirlo. Ponga a los hombres que haga falta a vigilar los periódicos y las estaciones de televisión.

—Le recuerdo una vez más que eso también es ilegal, señor, y que la prensa sigue teniendo cierto peso en nuestra sociedad.

—Me importa un pimiento.

—Nos puede traer problemas.

—¿Más de los que ahora tenemos? —quiso saber Colillas Morrison, que estaba deseando quedarse sólo para encerrarse en el cuarto de baño a fumarse un cigarrillo que le calmara los nervios—. Si la prensa consigue demostrar que fuimos nosotros quienes trajimos a este país a ese malnacido con la intención de contar siempre con un Bin Laden de repuesto podemos empezar a buscar un nuevo empleo.

—El presidente comprenderá que la intención era buena.

—Al presidente Bush, y sobre todo a su misterioso equipo asesor, en este asunto no le interesan las intenciones, sino los resultados. ¿Cómo es posible que llevemos tres días sin saber nada del fugitivo? ¿Es que ya no usa el teléfono?

—Por lo visto se ha vuelto prudente. Es posible que haya llegado a la conclusión de que lo localizamos a través de él.

—Pero ¿no habíamos quedado en que se trataba de una especie de animal que jamás había salido de su asqueroso desierto?

La malencarada mujer se limitó a lanzar un hondo suspiro para dirigir una mirada de desprecio a su superior en el momento de puntualizar:

—Que no haya salido nunca de su asqueroso desierto no significa, necesariamente, que se trate de un animal. Y por mi parte prefiero suponer que se trata de un tipo muy listo.

Su jefe la observó de medio lado al inquirir:

—¿Y eso por qué?

—Porque nos está toreando, y si se tratara realmente

de un animal significa que somos mucho más brutos que él, lo cual es algo que no me gusta ni tan siquiera imaginar.

—En eso puede que tenga razón.

Liz Turner no había llegado al estrellato únicamente por la perfección de su anatomía o su disposición a irse a la cama con quien le apeteciera o considerara que era conveniente para su carrera, sino sobre todo por su natural inteligencia. Eso le hizo comprender, tras escuchar al imprudente coronel Vandal, que la única forma que tenían sus enemigos de localizar a Ali Bahar era por medio de las ondas que emitía el extraño y sofisticado teléfono que le habían proporcionado.

Tardó casi un día en hacerle comprender a su nuevo amante el peligro que corría cada vez que lo utilizaba, y tras largas, complejas y prolijas explicaciones, le llevó una tarde a la mismísima Rodeo Drive, en la que se alzaban los más lujosos comercios de la ciudad, con el fin de que, sin moverse del interior del espectacular Rolls-Royce, llamara a su padre y le rogara que no volviera a telefonearle, que de ahora en adelante sería él quien le mantendría periódicamente al corriente de cuanto sucediera sin necesidad de correr riesgos innecesarios.

Prudente por naturaleza, no le permitió hablar más que lo imprescindible, y a continuación le requisó el aparato, para evitar que el hombre al que tanto amaba pudiera ponerse en peligro.

Un minuto después puso el vehículo en marcha y se alejó a toda prisa, dejando atrás la ciudad rumbo al pequeño rancho que se alzaba, agreste y solitario, a poco más de dos horas de viaje, al norte de Fresno y en el mismísimo corazón de lo más intrincado del valle de San Joaquín.

Sabía que contaba con poco más de un mes de tiempo libre antes de que los encargados de los efectos especiales pusieran a punto un nuevo monstruo alienígena, y estaba dispuesta a emplearlos en convertir a su particular monstruo terráqueo en un ser más o menos civilizado.

Y le constaba que para lograrlo lo primero que tenía que enseñarle era el idioma.

Pero hablar inglés no resultaba fácil y mucha gente perdía media vida en el intento sin conseguir un resultado medianamente aceptable.

Chapurrearlo hasta el punto de hacerse entender resultaba no obstante relativamente sencillo, en especial si el profesor, es decir, la profesora, ponía en el intento todo el amor y el interés del mundo, dedicando a la tarea casi dieciocho horas diarias.

Y en este caso particular el alumno resultó atento y disciplinado, poniendo de igual modo en el empeño tanto entusiasmo o más que quien trataba de enseñarle, consciente de que de ellos dependía su felicidad, su futuro y tal vez su propia vida.

Las más arduas tareas, cuando interviene de forma significativa el amor, se simplifican de modo muy notable.

Entre besos, risas, caricias y un interminable rosario de orgasmos, la entusiasmada actriz, que se sentía transportada a las puertas del paraíso, le fue enseñando a su apasionado e incansable amante los secretos de la lengua más hablada del mundo, y aunque resultaba evidente que el acento del beduino continuaba siendo abominable, su capacidad de aprender palabras y formas de expresión le causaban cierta sorpresa.

De igual modo, Ali Bahar se iba haciendo una idea, cada vez más ajustada a la realidad, de cómo era aquel complejo universo en el que las personas, los animales e incluso los más grandiosos paisajes, podían ser encerrados en una pequeña caja que tenía la extraña virtud de hipnotizarle.

Pero si bien las maravillas de la moderna tecnología conseguían a menudo fascinarle, la realidad de una naturaleza prodigiosa le hundían a menudo en un estado de auténtica levitación.

El día que Liz Turner le llevó a visitar un extenso parque de secuoyas gigantes el pobre beduino, que jamás había visto una acacia de más de dos metros de altura, a punto estuvo de perder el sentido cuando corría el riesgo de quebrarse el cuello tratando de distinguir en qué punto exacto acariciaban las nubes aquellos inconcebibles árboles.

Se tumbó al pie del mayor de tan incomparables cíclopes, y allí se hubiera quedado todo el día e incluso toda la noche si su amante no le hubiera obligado a erguirse tirándole del brazo.

—¡Alá es grande! —mascullaba entre dientes una y otra vez—. Alá es grande e injusto.

—¿Injusto por qué? —quiso saber la actriz.

—Porque se complace en conceder sus dones a infieles que no saben apreciar su grandeza, mientras que a aquellos que le veneran los condena a vivir en el desierto y les niega hasta el placer de una sombra como ésta —replicó con su deleznable acento y su rudimentaria gramática pero haciéndose entender a la perfección.

—Pero tú amas el desierto —puntualizó ella.

—Siempre se ama lo que se conoce, hasta que se conoce algo mejor —sentenció el beduino seguro de sí mismo—. Y esto es mejor.

—¿Mejor que yo?

—Mejor que tú no hay nada —sonrió su interlocutor con picardía al tiempo que señalaba—: Excepto, tal vez, Cañonero.

—En cuanto vuelva a casa le pego un tiro a ese maldito caballo —fue la respuesta, aunque de inmediato se abrió la blusa para inquirir guiñando un ojo—: Aunque dudo que Cañonero pueda hacerte disfrutar de unos pechos como éstos.

Hicieron una vez más el amor entre los árboles, y una vez más Ali Bahar se preguntó si en realidad su padre tendría razón, estaba muerto, y había subido al séptimo cielo.

Cuando por las noches su agotada amante conseguía quedarse al fin dormida, Ali Bahar solía pasarse largas horas tratando de entender —o tan siquiera asimilar— el increíble cúmulo de información que a diario le asaltaba desde los más diversos ángulos, puesto que el beduino era en cierto modo como un libro en blanco en todo aquello que no se refiriese a su sencilla forma de vivir en su país de origen, o a las relaciones humanas.

Y era quizá en este último aspecto, aquel que se refería al contacto entre las personas, así como a la búsqueda de la auténtica raíz de las cosas, en lo que el nómada superaba a cuantos le rodeaban, que no tenían como él había tenido desde niño, la costumbre de dejar pasar el tiempo sentado en lo alto de una roca sin otra preocupación que pensar.

Podía pasarse largas horas hablando con Liz, aunque no desde luego de una forma demasiado fluida, pero lo cierto era que se entendían a la perfección ya que aunque el acento, la gramática o la forma de construir las frases no se ajustara a los cánones al uso, la firme voluntad que cada uno de ellos tenía de comprender la forma de sentir y pensar del otro les permitía llegar hasta lo más profundo de sus más íntimos pensamientos.

Lo que había empezado como una simple aventura en la que lo que en verdad importaba era la mera atracción física, se había ido transformando, sin perder un ápice de su componente sexual, en la firme relación de dos seres que parecían haber nacido el uno para el otro.

Ali Bahar había encontrado en Liz Turner a una mujer capaz de transformar su gran defecto en virtud, y la solitaria Liz Turner, que había pasado la mayor parte de su vida intentando compartir esa soledad con esporádicos maridos y amantes, parecía haber encontrado en Ali Bahar al hombre que sabía protegerla y al niño que necesitaba protección.

Dos veces por semana se alejaban poco más de un centenar de kilómetros con el fin de que el beduino pudiera telefonear a los suyos para decirles que se encontraba bien y no tenían que preocuparse por él, pero en tales casos la actriz se mostraba inflexible y no le permitía hablar más de un par de minutos para que ni a los más modernos y sofisticados detectores les resultara posible determinar con exactitud desde dónde había sido hecha la llamada.

Las «palomas mensajeras centinela 17» se mantenían por lo tanto inactivas en sus nidos secretos.

Los hombres del coronel Vandal se aburrían en sus cuarteles.

La última semana de su estancia en el rancho coincidieron a la hora de visitarles Dino Ferrara y Stand Hard, puesto que ambos, como ex amantes, conocían el escondite secreto de la actriz, y ambos, como ex amantes, sentían por ella un profundo afecto.

El primero se había dedicado durante aquellos últimos días a vagar de un lado a otro en su casa rodante a la espera de que los ánimos se calmaran y el ofendido Bola de Grasa y sus dos maltrechos esbirros llegaran a la conclusión de que resultaba absurdo ejecutar a un antiguo compinche que ningún daño les había hecho en vida, pero podía causarles muchísimo daño una vez muerto.

—Les he escrito una carta a cada uno advirtiéndoles que he depositado en la caja fuerte de un banco una relación completa, con pruebas fehacientes incluidas, de todas nuestras actividades juntos —fue lo primero que dijo—. Señalando además que un abogado desconocido para ellos tiene orden de entregar esa declaración jurada a la policía en el momento mismo de mi muerte.

—¡Menuda putada!

—¡Y tanto! Con lo que cuento pueden caerles la perpetua, y por ello confío en que sean lo suficientemente inteligentes como para comprender que les conviene que yo llegue a viejo y me muera en mi cama.

—Muy astuto —reconoció Liz Turner—. No cabe duda de que en ciertos casos los crímenes compartidos pueden acabar por convertirse en un magnífico seguro de vida.

—Jamás cometí un crimen en el que corriera sangre —le hizo notar su amigo extrañamente serio—. Pero sí un auténtico rosario de atracos a mano armada, asaltos y extorsiones de los que confieso que estoy arrepentido, pero por los que supongo que me tocaría pasarme una larga temporada a la sombra.

—Pues creo que empieza a ser hora de que sientes la cabeza —le hizo notar ella—. Si no eres tan estúpido como pareces, lo que te ha ocurrido debería obligarte a reflexionar. Cuando se anda con esa clase de gente estás siempre expuesto a que te vuelen los sesos y te entierren como a un perro.

—Lo sé —admitió su interlocutor al que se le advertía más sincero que nunca—. Estos días, y sobre todo estas noches de vagabundear a solas y con el miedo en el cuerpo, me han abierto los ojos. Creo que empiezo a estar demasiado viejo para andar corriendo como un loco ante la policía o buceando entre las piernas de viejas millonarias aburridas.

—¿Y qué piensas hacer?

—De momento no tengo problemas, puesto que en este tiempo he conseguido ahorrar algún dinero, y más adelante, sin prisas, procuraré buscarme un trabajo tranquilo.

—¿Y qué sabes hacer?

—Nada.

—¿Y eso qué tal se paga?

—Mal.

—Era de suponer.

—Mi padre se empeñó en que estudiara ingeniería, pero cuando apenas me faltaba un año para terminar descubrí que se vivía mejor del juego y las mujeres…

—Y de atracar bancos.

—Eso fue mucho más tarde, cuando descubrí que los dados y las cartas me traicionaban y supuse que muy pronto las mujeres también lo harían... —Se inclinó levemente hacia delante para rogar—: ¿Por qué no le pides a Stand que me meta en su nueva película? Los papeles de gángster se me dan muy bien.

—¡Práctica tienes!

—Ni siquiera necesitaré actuar. ¿Se lo dirás?

Ella asintió con un leve ademán de cabeza.

—Se lo diré —dijo—. Aunque en la próxima película que vamos a rodar no creo que haya gángster. Se trata de una especie de Romeo y Julieta que se desarrolla en Roma durante la última guerra mundial entre una muchacha italiana y un oficial alemán.

—Mi abuelo era romano.

—Eso puede que ayude.

Pero al exigente Stand Hard el hecho de que Dino Ferrara contara con un abuelo romano no le pareció mérito suficiente como para figurar en una película ambientada en Roma, por lo que al final de la agradable cena que la actriz había preparado en el porche comentó:

—Si a tu edad empiezas haciendo papelitos te morirás haciendo papelitos. Pero si con tus conocimientos de ingeniería, por muy olvidados que estén, te pongo a trabajar con mi director de fotografía, que tiene muy mala leche pero mucho talento, dentro de un par de meses puedes ser ayudante de cámara, más tarde cameraman y tal vez, algún día, si te esfuerzas, director de fotografía.

—¿Y eso sí que tiene futuro en esta profesión?

—Más que un actor maduro, a no ser que fueras un nuevo Marlon Brando, cosa que dudo.

—Será cuestión de pensárselo.

—La decisión es tuya. —Stand Hard se llevó ambas manos a la cabeza para rascarse descaradamente la cabellera de color zanahoria en un gesto que solía hacer cada vez que se veía obligado a rodar una escena especialmente complicada, y tras dirigir una larga mirada a Ali Bahar, que se limitaba a comer, al parecer ajeno a cuanto allí se discutía, añadió—: Y ahora lo que me gustaría es que alguien me aclarara de una vez por todas algo me que tiene confundido: ¿Este tipo que casi nunca abre la boca, pero que al parecer os tiene idiotizados, quién diablos es en realidad?

—El primo hermano de Osama Bin Laden —replicó con absoluta calma Liz Turner.

—¡La madre que lo parió!

—No. Ésa era la tía de Bin Laden —fue la sencilla aclaración—. Es decir, la hermana del padre.

—¿Y qué coño hace aquí un primo hermano del terrorista más buscado del planeta? —quiso saber el asombrado director.

—Eso es lo que a él le gustaría saber. A él y a todos. Su historia es muy curiosa. Y en cierto modo divertida.

—¿Y por qué no le pides que me la cuente?

En menos de veinte minutos, en su pintoresco y casi ininteligible inglés, y convenientemente ayudado por su solícita amante, Ali Bahar puso al corriente a Stand Hard del sinnúmero de sorprendentes aventuras que le habían acaecido desde el momento mismo en que su lejano pariente Salam-Salam se presentó en su campamento en compañía de dos extranjeros, hasta la tarde en que llegó de la mano de Dino Fontana a la mansión de Liz Turner.

Al final de tan singular relato el melenudo realizador

pelirrojo no pudo por menos que permitir que se le escapara un largo silbido de admiración.

—¡La leche! —exclamó—. Ésta sí que es una auténtica historia de alienígenas. Un terrestre, que a mi modo de ver más bien parece un extraterrestre, aterriza sin saber cómo en su propio planeta, que se le antoja otro muy diferente puesto que no entiende nada de lo que ocurre en él. Es lo más descabellado que he oído nunca.

—Se podría hacer una película con esa historia —le hizo notar Dino Ferrara.

—¿Y quién se la iba a creer?

—Los mismos que se creen que el monstruo de metal de tu última película intentaba hacerme un hijo —replicó con una leve sonrisa pero con marcada mala intención Liz Turner.

—¡Escucha, querida! —fue la sincera respuesta—. A comienzos del siglo XXI, para el espectador que se sienta en su butaca resulta mucho más creíble que exista una horrenda bestia del espacio empeñada en comerse a la gente o hacerle un hijo a alguien como tú, a que exista un sencillo nómada del desierto que no tiene idea de lo que es un aparato de televisión, o no acaba de aceptar que las calles puedan estar repletas de prostitutas, travestis y mendigos a los que dejamos morir sin dedicarles tan sólo una mirada. Por desgracia el público acepta mejor la más estúpida fantasía que la más dolorosa realidad.

—Tal vez por eso el público se distancia cada vez más de lo que hacemos —replicó la actriz—. Hubo un tiempo en el que el cine, al igual que la literatura o la pintura, reflejaban la vida, los problemas y las necesidades de la gente, pero en la actualidad triunfa una pintura «no figurativa» que casi nadie entiende, mientras que la literatura y el cine tan sólo buscan beneficios rápidos.

—Eso es muy cierto, jamás me atrevería a negarlo.

—Puede que la historia de Ali pueda parecer estrafalaria y descabellada, pero yo, que he estado meditando largamente sobre ella y le observo incluso mientras duerme, he llegado a la conclusión de que en el fondo no es más que el esperpéntico reflejo del mundo que nos ha tocado vivir.

—¿Qué pretendes decir con eso? —quiso saber Dino Ferrara.

—Que el abismo que nos separa de seres como Ali cada día se ensancha más, y cada día nos esforzamos por hacer que resulte más infranqueable. Nos gastamos fortunas en enviar a un puñado de científicos al espacio para que mueran en busca de una absurda quimera, mientras abandonamos a su suerte a millones de infelices que con un poco de ayuda podrían conseguir grandes cosas para el bien de todos.

Stand Hard hizo un leve gesto con la cabeza señalando al beduino:

—¿Te refieres a él?

—Llevamos el suficiente tiempo juntos como para que haya podido darme cuenta de que posee una notable inteligencia desaprovechada porque el lugar en el que vivía no le dio la menor oportunidad de desarrollarla. De igual modo, millones de otros Ali Bahar nacen y mueren sin acceder a los beneficios de una cultura a la que podrían aportar mucho y que haría su vida más soportable. Y eso me entristece.

—¿No me digas que has llegado a la conciencia social a través del sexo? —señaló en un tono levemente divertido el gángster—. Resultaría una experiencia en verdad llamativa y digna de ser imitada.

—No creo que sea algo como para tomárselo a broma —fue la respuesta que rezumaba una cierta acritud—. Y no he llegado a ella por el sexo, sino porque quizá por primera vez en mi vida un hombre me interesa lo suficiente como para preocuparme por ver cómo se desarrolla no sólo lo que tiene entre las piernas, sino lo que tiene en la cabeza.

—¿O sea que nunca te interesó lo que yo pensara?
—¡En absoluto!
—No cabe duda de que siempre has sido una hija de puta puñeteramente sincera, y es algo que siempre me atrajo de ti. Si no es bajo las sábanas, nunca tienes pelos en la lengua y en esos momentos no sueles hablar.

—Eso es una grosería y sabes que me molestan las groserías. Sobre todo si Ali se encuentra delante.

—¡Disculpa! Eres la última persona de este mundo a la que quisiera ofender. Lo que ocurre es que me desconcierta descubrir cómo has cambiado en tan poco tiempo.

—No ha cambiado —intervino Stand Hard convencido de lo que decía—. Liz siempre ha sido así, lo que ocurre que ella es la primera interesada en intentar ocultarlo tras una absurda máscara de frivolidad.

—¿Cómo lo sabes?

—Lo sabe porque en el fondo es igual que yo —replicó ella evitando que fuera el pelirrojo el que contestara—. Me ha dirigido en siete películas y hemos compartido algunas cosas más que no vienen al caso, y eso son cientos de horas de buenos y malos momentos en los que acabas por conocer a fondo a una persona. Por suerte o por desgracia Stand no es únicamente un jodido cabrón al que al parecer tan sólo le importa rodar una escena de acción trepidante en la que además de a los muertos se me vean las tetas. Aunque cueste creerlo tiene inquietudes de tipo político y social.

Dino Ferrara observó alternativamente a sus dos interlocutores, dirigió luego una larga mirada a Ali Bahar como si esperase que le ayudara, pero al llegar a la conclusión de que los conocimientos del idioma del beduino no llegaban aún al punto de comprender de qué se estaba hablando exactamente, masculló:

—Pues no es que sea mi intención molestar a nadie, pero si alguno de vosotros tiene inquietudes de tipo político o social lo disimula muy bien. En estos momentos una larga lista de actores, directores y guionistas se manifiestan en contra de la guerra y si la memoria no me falla vuestros nombres no figuran en ellas.

—Ni nunca figurarán —le hizo notar Stand Hard—. Por lo menos el mío.

—¿Y eso? —quiso saber el otro—. ¿Acaso tienes miedo?

—Miedo no. Tengo memoria. Hubo un tiempo en el que el cine perdió para siempre algunos de los más brillantes talentos porque no supieron mantener la boca cerrada. Y por desgracia, George W. Bush y esa sucia camarilla texana que le aupó ilegalmente al poder burlándose descaradamente de nuestras más sagradas instituciones, parecen dispuestos a que el diabólico maccartismo sea considerado casi una especie de juego de niños en comparación con lo que piensan lanzarnos encima al menor asomo de disidencia.

—En eso puede que tengas razón.

—Sé que la tengo. Sé de compañeros, no sólo del cine, sino de casi todos los medios de comunicación, que están sufriendo toda clase de presiones e incluso amenazas por el solo hecho de que se les pase por la cabeza la idea de hacer o decir algo que no sea del total agrado de una «administración» que en la actualidad posee sofisticados sistemas de información, control y espionaje de los que se carecían en tiempos de la Caza de Brujas. Hace un par de días la prensa traía la noticia de que el FBI, la CIA y algunas otras agencias clandestinas están controlando los teléfonos y los ordenadores personales de destacados políticos extranjeros. Y lo hacen incluso en sus propios países.

—También yo lo he leído, pero me cuesta aceptar que sea verdad.

—Pues lo es, puedes estar seguro. Los hombres de Bush son capaces de eso y mucho más; son capaces incluso de secuestrar a un pobre cabrero analfabeto para intentar engañar al pueblo al que juraron respetar y servir fielmente. —Apuntó con el dedo a su interlocutor al tiempo que añadía en tono de profunda convicción—: Enfrentarse a ellos abiertamente firmando panfletos o acudiendo a manifestaciones significa tanto como hacerles el juego y facilitarles la labor. Scorsese, Spike Lee, Martin Sheen, Sean Penn, Susan Sarandon, Madonna o Meryl Streep son ya «cartuchos quemados» puesto que los han fichado; y los sicarios del régimen buscarán la forma de desacreditarlos o anularlos al igual que hizo Hitler con cuantos intelectuales se le opusieron en su día.

—Bush no es Hitler, ni Estados Unidos la Alemania de los años treinta.

—Espera y verás.

—Creo que exageras... —intervino Liz Turner que llevaba largo rato escuchando mientras acariciaba la mano de Ali Bahar—. Estoy de acuerdo contigo en que no se están respetando las reglas básicas de nuestra democracia, pero de ahí a considerar que nuestro país pueda llegar a convertirse en una especie de dictadura fascista media un abismo.

—Fascista no es únicamente el que alza el brazo en público. Al fin y al cabo ése es el menos peligroso, puesto que al menos tiene el valor de declararlo. Fascista es quien se considera superior a los demás y el peor es aquel que, además, se disfraza de demócrata, al igual que el peor pederasta es el que canta misa y viste sotana.

—Eso suena muy fuerte.

—Pues no es más que el principio. El llamado «Clan de los Texanos», o «Tex Klan», ese prepotente grupo de ultraderechistas que consideran que Estados Unidos, y concretamente ellos, están llamados por gracia divina a dominar el mundo, han encontrado en George W. Bush al títere perfecto que dé la cara mientras mueven los hilos en la sombra. Estoy de acuerdo en que ese ignorante hombrecillo que cuando habla por sí mismo no sabe lo que dice, y cuando lee el discurso que otros han escrito no sabe a qué diablos se está refiriendo, no será nunca un líder con el carisma de un Hitler o un Stalin, pero es eso precisamente lo que le hace tan peligroso, puesto que, aunque en un momento determinado desaparezca de la escena, con él no se acaba el problema, ya que quienes prefieren mantenerse a la sombra en sus fabulosos ranchos de San Antonio, Austin o Dallas, le buscarán de inmediato un sustituto.

—¿Realmente estás convencido de que todo esto responde a una conspiración texana? —no pudo por menos que sorprenderse la actriz—. Nunca se me hubiera ocurrido verlo de ese modo.

—Conspiración no es la palabra adecuada, querida.

Se supone que conspirar significa tanto como intrigar con el fin de hacerse con el poder o la riqueza, y ellos hace ya mucho tiempo, desde el día en que Kennedy cayó abatido en las calles de esa misma Dallas, que son los auténticos dueños de ambas cosas. No conspiran, se limitan a intentar mantener a lo largo de sucesivas generaciones lo que han conseguido.

—O sea que si se van pasando el testigo de padres a hijos podemos tener «Tex Klan» para rato —intervino Dino Ferrara.

—En cierto modo constituirán una especie de dinastía en la que lo que importará no serán los lazos de sangre familiares, sino los vínculos de unión con el clan. Incluso es más que posible que se pongan de acuerdo para ir rotando la presidencia de una familia a otra.

—Una nueva forma de imperio.

—No tiene nada de nuevo. Si se repasa la historia, desde los macedonios en la antigua Grecia, hasta los mogoles que dominaron China pasando por los extremeños que conquistaron la mayor parte de América, siempre se ha dado el caso de que en una determinada región prende de pronto la chispa que provoca el fuego que lo arrasa todo.

—Pero no estamos en la antigua Grecia, ni en China, ni en tiempos de la conquista. Estamos en Norteamérica y en pleno siglo XXI.

—La historia siempre se repite, amigo mío. Se repite y se repetirá dentro de tres mil años puesto que la historia la hacen los hombres, y los hombres se repiten una y otra vez. Adoptan las mismas actitudes y cometen los mismos errores vivan en el tiempo que vivan y hablen el idioma que hablen.

A Ali Bahar le costaba un gran esfuerzo entender los alegatos del exaltado Stand Hard incluso cuando, a solas en su dormitorio, la paciente Liz Turner se esforzaba por traducirle al sencillo lenguaje con el que solían relacionarse, cuanto el pelirrojo había dicho.

En ocasiones le resultaban incluso por completo incomprensibles, no porque a la actriz le faltaran las palabras, sino por el mero hecho de que en su mente de beduino nacido en un mundo desolado pero en el que prevalecía un cierto orden natural, no tenían cabida los conceptos de imperialismo, guerra preventiva o armas de destrucción masiva que tan a menudo surgían en el transcurso de las largas charlas que tenían lugar casi a diario.

Que el rey, el jefe de tribu, el presidente, o como quiera que se llamase quien gobernaba aquel gigantesco y hermoso país en el que abundaba el agua, los árboles se doblaban bajo el peso de los frutos, los animales pastaban verde hierba y en los elegantes y modernos edificios nunca hacía calor por más que el exterior el sol estuviese cayendo a plomo, estuviese empeñado en enviar a sus súbditos a la muerte con el único fin de apoderarse de una gigantesca extensión de un desierto en el que apenas crecía un triste matojo, se le antojaba tan incongruente, que por más que la mujer que tanto le amaba se esforzara en aclarárselo no le entraba en la cabeza.

Aceptaba que un hombre estuviese dispuesto a morir por defender su hogar o su familia, aceptaba también, aunque no la compartiera, la idea de que alguien estuviera dispuesto a sacrificarse por sus creencias si es que en verdad estaba convencido de que su Dios le reservaba un lugar en el paraíso, pero se limitaba a agitar una y otra vez negativamente la cabeza cada vez que Liz Turner le repetía que aquellos jóvenes rebosantes de salud que con tanta frecuencia aparecían ahora en la televisión vestidos de uniforme, aceptaban sin protestar que les mataran en uno de los lugares más desolados y perdidos del planeta.

Si hubo un momento, cuando se encontraba tendido a la sombra de una alta secuoya, en que se hizo la vana ilusión de que estaba empezando a captar la verdadera esencia de aquel maravilloso país al que una serie de caprichos de un destino burlón le había conducido; ahora se veía obligado a admitir que se encontraba más desconcertado aún que la mañana en que por primera vez descubrió que llovía hacia el cielo.

¿Cómo se entendía que las mismas personas que habían sido capaces de construir aquellas amplias autopistas, aquellos lujosos automóviles, aquellos poderosos aviones y aquellas fascinantes cajas mágicas en las que encerraban a la gente para que cantara, bailara o jugara a la pelota, se sometieran como borregos a los caprichos de un desagradable hombrecillo de orejas picudas que ni siquiera lucía la blanca barba de los sabios ancianos?

¿Por qué aceptaban que jugara con sus vidas o las de sus hijos?

Veía llorar a las mujeres que se abrazaban a sus esposos en el puerto, y a los niños que se aferraban al cuello de sus padres cuando se embarcaban rumbo a la muerte, y se negaba a aceptar que entre todos no fueran capaces de hacerle comprender a su jefe que si le apetecía pasear por un desierto, allí cerca tenía uno en el que por cierto abundaban los lagartos y las serpientes.

—No es por el desierto —le había aclarado Liz Turner en cierta ocasión—. Es por el petróleo que hay bajo ese desierto.

¡Petróleo!

Aquélla era una palabra mágica, o tal vez maldita, que aparecía constantemente en la boca de los americanos.

El petróleo parecía ser para ellos más importante que el agua, pese a que Ali Bahar sabía mejor que nadie que había conseguido vivir cuarenta años sin petróleo, pero que no hubiera conseguido sobrevivir ni tan siquiera tres días sin agua.

—No entiendo que alguien se arriesgue a morir por culpa de algo que no resulta imprescindible para vivir.

—Pero es que sin petróleo los coches no funcionan —le hizo notar ella.

—Pero si te matan, el coche no te sirve de nada. ¿Acaso pretendes hacerme creer que es una buena idea dejarse matar para que los coches de otros funcionen? No lo entiendo.

—Visto desde ese ángulo tampoco yo lo entiendo —se vio obligada a admitir ella que, al advertir que él se dedicaba a devorar una pata de cordero con una mano mientras que con la otra se iba apoderando de puñados de patatas fritas, le golpeó afectuosamente con una cuchara en mitad de la frente, como si estuviera enfrentándose a un niño rebelde y especialmente maleducado—. ¡Te tengo dicho que no utilices las manos! —le espetó fingiendo enfadarse—. ¡Utiliza los cubiertos! No puedes andar por el mundo llamando la atención como si fueras un cavernícola porque me preguntarán si te he sacado del zoológico. ¡Mira! ¡Se hace así!

Intentó por enésima vez enseñarle cómo cortar la carne y utilizar el tenedor, pero resultaba más que evidente que aquélla constituía para el pobre beduino una tarea mucho más difícil que aprender un idioma, y para la que a todas luces se encontraba especialmente negado, ya que lo único que consiguió fue que al poco tiempo carne, ensalada y patatas fritas se le desparramasen sobre el mantel.

—La verdad es que en la cama eres una maravilla, pero en la mesa un desastre —admitió la actriz besándole con cariño—. Pero a comer educadamente se acaba aprendiendo, mientras que a hacer el amor como tú sabes hacerlo hay quien no aprende jamás. —Agitó la cabeza negativamente al concluir—: Lo que no sé es cómo diablos nos vamos a arreglar cuando tengas que acompañarme a un restaurante de lujo.

—Yo no tengo el más mínimo interés en ir a un restaurante de lujo —fue la áspera respuesta.

—Pues algún día tendremos que hacerlo —le hizo notar ella—. Yo soy un personaje público y si los chicos de la prensa advierten que no me dejo ver, empezarán a preguntarse la razón. Dino me ha prometido que pronto te conseguirá una documentación que nadie será capaz de descubrir que es falsa, y a partir de ese momento todo será distinto.

—¿Distinto por qué?

—Porque aún no estoy del todo segura, pero creo que vamos a tener un hijo, y eso significa que nos casaremos y ya nadie podrá expulsarte del país. Traeremos a tu padre y a tu hermana y formaremos una hermosa familia.

—¿Un hijo? —repitió el entusiasmado—. ¿Estás segura?

—No del todo, pero es muy probable. Méritos para ello estamos haciendo.

—Sería maravilloso, pero no creo que les gustara vivir aquí —fue la amarga respuesta—. Y a menudo creo que a la larga tampoco me gustará a mí.

—¿Por qué?

—Porque los americanos estáis locos. Y nunca se sabe cómo va a reaccionar ese presidente Bush, o como quiera que se llame, que os manda a la guerra sin motivo alguno.

—Los americanos no estamos locos —le contradijo ella—. Admito que a menudo nos comportamos como si lo estuviéramos, pero...

Se interrumpió al advertir que la mirada de Ali Bahar había quedado prendida en la pantalla del televisor que permanecía encendido pero en silencio, y en el que acababa de hacer su aparición un ahora correctamente vestido Salam-Salam, al que al parecer estaba entrevistando Janet Perry Fonda.

Ali Bahar lo señaló indignado al tiempo que exclamaba:

—¡Cerdo, hijo de una cabra tuerta! ¡Traidor! Ése fue el malnacido que llevó a aquel par de hijos de perra a mi casa.

La sorprendida Liz Turner tomó el mando a distancia y elevó el tono del aparato con el fin de poder oír lo que estaba preguntando en esos momentos la reportera.

—¿Por lo tanto usted garantiza que ese hombre no es el conocido terrorista Osama Bin Laden? —decía.

—¡Naturalmente que no! —fue la respuesta del aludido—. Se llama Ali Bahar, es cabrero, y dos hombres lo raptaron para traerlo aquí a la fuerza.

—¿Quiénes eran y por qué razón lo raptaron? —fue en este caso la escueta pregunta.

—Eso no lo sé exactamente —replicó el otro con absoluta naturalidad—. Lo que sí sé es que uno se llamaba Nick y el otro Marlon. Me pagaron para que les sirviera de guía en el desierto, y cuando al cabo de casi una semana dimos con Ali Bahar, lo drogaron y se lo llevaron, aunque al parecer, y por lo que he podido saber, se les escapó al llegar aquí.

—¿Le explicaron para qué lo querían?

—¡No! Pero dado el extraordinario parecido físico de Ali Bahar con su primo Osama Bin Laden algo importante debían tramar.

—¿O sea que, según usted, ese tal Ali Bahar es pariente del temido terrorista Osama Bin Laden?

—Son primos hermanos, aunque no se conocen. La madre de Osama es hermana del padre de Ali y quiero suponer que lo que pretendían aquellos hombres era hacerle pasar por el terrorista.

—¿Con qué fin?

—Eso es algo que ciertamente se me escapa, pero puesto que utilizaron un enorme avión militar que tuvo que recorrer miles de millas en un largo viaje de ida y vuelta, debían considerar que dicho fin merecía la pena.

—¿Vio usted el avión?

—De lejos.

—¿Qué tipo de avión era?

—Un Hércules.

—¿Norteamericano?

—Eso no puedo asegurarlo, pero sus raptores indicaron que les llevaría en vuelo directo y sin escalas a Estados Unidos.

La Mejor Reportera del Año, que evidentemente conocía bien su oficio, aguardó unos instantes, como si estuviera dando tiempo a los telespectadores a calibrar el significado de tales palabras, y a los quince segundos volvió sobre el tema que en verdad le interesaba:

—¿Está usted acusando al gobierno de Estados Unidos de raptar a un ciudadano de un país extranjero con la intención de suplantar a otro con el fin de hacer creer a la opinión pública que Osama Bin Laden continúa siendo un peligro para la nación? —quiso saber.

—Yo no acuso a nadie —replicó el *khertzan* con absoluta calma—. Siento un gran afecto y respeto por Estados Unidos, que me han acogido con los brazos abiertos, y a decir verdad no tengo la más mínima prueba de que aquellos hombres trabajaran para su gobierno.

—Y si no trabajaban para nuestro gobierno, ¿para quién cree que podrían trabajar con tantos medios económicos?

—Lo ignoro. Puede que se tratase de simples criminales que buscaban su propio provecho. —Hizo una corta pausa para señalar con marcada intención—. O el de un tal Morrison, que no sé quién es, pero al que mencionaron en un par de ocasiones.

—¿Un tal Morrison?

—¡Exactamente!

—¿Está seguro?

—¡Por supuesto!

—¿Podría ser Philip Morrison?

—No me atrevería a afirmarlo sin miedo a equivocarme. —El guía sonrió levemente—. Si no recuerdo mal, creo que más bien era algo parecido a Colillas Morrison.

—Colillas no es un nombre. Es un apodo.

—Lo supongo. —De pronto, y como si todo estuviera perfectamente ensayado y medido, y de hecho lo estaba, Salam-Salam se volvió a mirar fijamente a la cámara para comenzar a hablar en su particular y complicado dialecto, cuya traducción iba apareciendo escrita en la parte inferior de la pantalla—: ¡Ali Bahar! —dijo—. Querido y respetado Ali. Si por casualidad me estás viendo, quiero ante todo pedirte perdón por haber contribuido de modo involuntario a tu secuestro. Yo no tenía la menor idea de las intenciones de aquellos desalmados. —Extendió las manos en gesto casi de oración al añadir—: Y ahora te ruego, te suplico, que te pongas en contacto conmigo aquí, en la estación de televisión. Sé que mucha gente quiere matarte, pero la señorita Perry Fonda y sus amigos te protegerán. ¡Por favor, Ali! ¡Si me escuchas, hazme caso! ¡Entrégate y no te expongas más!

—¡Y una mierda de camello, maldito traidor hediondo! —no pudo por menos que exclamar el aludido al que se le advertía cada vez más indignado—. ¡Como te encuentre te voy a sacar los hígados! ¿Tienes idea de lo mal que me lo has hecho pasar? —De pronto su vista recayó en el generoso escote de Liz Turner y el tono de su voz cambio de forma radical al puntualizar—: ¡Bueno! Lo cierto es que ha valido la pena, pero no gracias a ti.

Por su parte la actriz permanecía atenta a la televisión en la que era ahora Janet Perry Fonda quien se dirigía a los espectadores al tiempo que aparecía el rostro de Ali Bahar en la escena tomada en el casino.

—Si alguien ha visto a este hombre le ruego que se ponga en contacto con nuestra emisora —decía—. Su vida corre peligro y les aseguro que es totalmente inofensivo.

Liz Turner se inclinó a pellizcarle la mejilla a Ali Bahar al tiempo que le estampaba un sonoro beso en los labios.

—¿Inofensivo? —exclamó en un tono de fingida indignación—. Esa cursi ni siquiera sospecha el peligro que tienes.

Él la observó sin entender a qué se estaba refiriendo:

—¿De qué hablas? —quiso saber.

—De que eres una bomba. Una auténtica bomba sexual de las que ya no quedan. —Agitó la cabeza negativamente al añadir—: Pero ¿qué voy a hacer ahora contigo? Cuando ya creía que lo tenía todo bajo control y se habían olvidado de ti esa estúpida vuelve a convertirte en noticia. —Lanzó un resoplido—. Siempre me cayó mal. Se mete en todo y se considera el ombligo del mundo.

Cuando media hora después Stand Hard y Dino Ferrara regresaron de dar un largo paseo a caballo por los alrededores del hermoso rancho, ambos fueron de la opinión de que quizá no fuera del todo descabellada la idea de que el beduino se pusiera bajo la protección de una poderosa cadena de televisión.

—¡Ni hablar! —replicó de inmediato la actriz—. No pienso entregárselo ni a la mismísima Perry Fonda en persona.

—¿Por qué? —quiso saber el pelirrojo.

—Porque me juego la cabeza a que esos hijos de

mala madre de la agencia especial Centinelas de la Patria ya habrán apostado una docena de tiradores de élite ante las puertas del canal, y en cuanto Ali aparezca por allí le volarán la cabeza.

—¡Pero no puedes ocultarlo eternamente! —protestó Dino Ferrara—. Y la verdad es que me siento culpable por haberte metido en esto.

—No tienes por qué sentirte culpable, querido —replicó ella buscando tranquilizarle—. Te juro por mi madre que nunca he sido tan feliz, aunque no hay forma de que este cernícalo aprenda a comer civilizadamente.

—¡Escucha, preciosa! —insistió su ex amante—. Tú y yo sabemos que Ali Bahar no pasa inadvertido y que pronto o tarde alguien se preguntará quién es y de dónde lo has sacado, aparte de que corren rumores de que los hombres del auténtico Osama Bin Laden lo andan buscando, y ésos sí que son fanáticos asesinos. —Hizo una corta pausa para añadir al fin—: Le debo mucho, puesto que me salvó la vida y me consta que le adoras, pero te advierto que hay demasiada gente que no parará hasta verle muerto.

Liz Turner meditó largamente sobre lo que acababa de escuchar, se volvió a observar a Ali Bahar que continuaba luchando inútilmente con el tenedor y el cuchillo y por fin asintió con gesto pesaroso:

—¡Tienes razón! —admitió de mala gana—. Hay demasiada gente que no parará hasta verle muerto, pero quiero creer que debe haber una forma mejor de solucionar el problema que entregárselo a un canal de televisión.

—Dime cuál.

Una pálida y demacrada Liz Turner, que se cubría la cabeza con un pañuelo y los ojos con unas gafas oscuras, se recostaba en el asiento posterior de una negra y gigantesca limusina, observando con atención las idas y venidas de cuantos deambulaban en torno al moderno y espectacular edificio de la emisora de televisión, y su mirada se fue deteniendo primero en un vendedor de helados, más tarde en un barrendero negro, y en tercer lugar en un mugriento pordiosero, puesto que los tres ofrecían la curiosa particularidad de portar auriculares en los oídos.

Más tarde, y con infinita paciencia, fue descubriendo a la media docena de tiradores que intentaban pasar desapercibidos agazapados en las azoteas de los edificios más próximos y por último se volvió a un ahora andrajoso Ali Bahar que se acomodaba a su lado, y que ocultaba a medias el rostro bajo el ala de un carcomido sombrero de paja.

—¡La cosa está fea! —comentó—. Esos cerdos quieren cazarte como a un conejo. —Recorrió con la vista una vez más a los peculiares personajes que continuaban fingiendo concentrarse en sus labores mientras mantenían la mirada fija en la puerta de la estación de televisión y al fin alargó la mano, se apoderó de un minúsculo teléfono móvil y marcó un número.

—¿Dino? —inquirió cuando le respondieron al otro lado—. Esto está infestado de agentes disfrazados y tiradores armados con rifles de mira telescópica...

—Era de suponer —fue la tranquila respuesta que le llegó a través de las ondas.

—En ese caso no perdamos más tiempo. Es ahora o nunca.

Dino Ferrara le respondió desde el interior de un vehículo aparcado en la autopista que bordeaba una larga playa.

—¡Vamos allá!

Apretó el botón del teléfono que había pertenecido a uno de los hombres de la agencia especial Centinela, y en cuanto comprobó que el viejo Kabul respondía a la llamada, puso en marcha una diminuta grabadora de la que surgió de inmediato la voz de Ali Bahar que comentaba en su particular dialecto:

—¡Buenas noches, querido padre! Te ruego que no me interrumpas porque lo que tengo que decirte es importante y dispongo de poco tiempo. Resulta que no estoy en otro mundo, sino en el mismo, pero al otro lado, en algo que por lo visto se llama «antípodas» porque todo funciona al revés. Y a pesar de que aquí la gente tiene toda el agua y la comida que pueda desear, el clima es bueno y llueve de arriba abajo y de abajo arriba, nadie es feliz porque está prohibido fumar y se pasan la vida atiborrándose de hamburguesas y perros calientes.

—¿Perros calientes? —repitió el anciano visiblemente desconcertado al tiempo que se volvía hacia su hija para añadir—: Me temo que tu hermano se ha vuelto definitivamente loco, Talila. Asegura que vive en un sitio en el que comen perros.

Philip Morrison, con su eterna colilla en la boca y los pies sobre la mesa, se entretenía en lanzarle dardos a una diana que representaba el rostro de Osama Bin Laden, y que tenía colgada en la puerta del cuarto de baño.

Al poco le llegó por el interfono la ronca voz de la por lo general malhumorada Helen Straford, y lo que dijo le obligó a dar un salto en su asiento dejando a un lado las flechas.

—¡Lo han localizado, señor!

—¿Dónde? —quiso saber.

—Por lo visto está llamando desde algún lugar de la costa.

—¿Están completamente seguros?

—¡Completamente, señor! —replicó la severa mujer.

—¿Con qué margen de error?

—Menos de diez metros. Pero no parece recomendable enviar una nueva «paloma mensajera». Hay mucho tráfico por los alrededores.

—¡No! —admitió su jefe visiblemente alarmado—. ¡Naturalmente que no! Cada vez que mandamos uno de esos dichosos mensajes el acuse de recibo nos cuesta una fortuna.

—¿Y qué quiere que hagamos, señor?

—Enviar a las unidades que se encuentran apostadas ante la estación de televisión, e incluso todas aquellas que tengamos diseminadas por California —señaló seguro de sí mismo Colillas Morrison para añadir a continuación—: Y tráigame cuanto antes un mapa de Los Ángeles.

Se puso en pie para comenzar a dar vueltas por la estancia como una fiera enjaulada y tras unos instantes de duda abrió una pequeña caja de caudales, extrajo un paquete de cigarrillos y encendió uno aspirando con profunda delectación.

Al poco hizo su entrada su siempre adusta secretaria con un gran mapa en la mano, se dispuso a extenderlo sobre la mesa, pero al descubrir a su jefe fumando le espetó furiosa:

—¡Eso sí que no! ¡Apague esa porquería!

—¡Ni hablar!

—¡Insisto en que lo apague! —repitió secamente Helen Straford—. Como comprenderá, no estoy dispuesta a permitir que juegue con mi vida.

Inesperadamente y en una reacción en verdad desorbitada y fuera de lugar, su interlocutor se abalanzó sobre ella, la aferró por el cuello y la alzó en vilo hasta dejarla casi clavada en la pared.

—¿Su vida? —repitió furibundo lanzándole una provocativa bocanada de humo al rostro—. ¿De qué demonios me está hablando? ¡Su vida me pertenece desde el mismo momento en que ingresó en la agencia! ¿O no?

—¡Desde luego, señor!

—¿Fue eso lo que juró o no fue eso lo que juró?

—¡Lo juré!

—En ese caso soy yo quien decide cuándo tiene que morir o no. Y como me siga tocando las narices decidiré que hoy es su último día. ¿Está claro?

—Muy claro.

El director de la agencia especial Centinelas de la

Patria la depositó de nuevo en el suelo lanzando un sonoro reniego, pero la inmutable Helen Straford se limitó a arreglarse parsimoniosamente la ropa sacudiendo unas motas de polvo de la solapa al tiempo que señalaba con loable calma:

—Admito que hice un juramento de lealtad, mi vida le pertenece y puede disponer de ella a su antojo —dijo, y acto seguido le apuntó con el dedo al tiempo que añadía—: Pero lo apaga o se busca otra secretaria. —Le arrebató sin el menor miramiento el humeante objeto de la discusión, lo arrojó a una taza de café que descansaba sobre la mesa y añadió en idéntico tono—: Y ahora, si se deja de chiquilladas y me indica qué quiere hacer, tendré sumo placer en transmitir sus órdenes al personal competente con el fin de atrapar de una puñetera vez a ese hijo de mala madre que nos trae por la calle de la amargura.

Liz Turner sonrió levemente al advertir el revuelo que se armaba cuando todos los agentes disfrazados y los tiradores de élite apostados en los edificios cercanos comenzaban a trepar a toda prisa a cuatro vehículos todoterreno que habían surgido de nadie sabía dónde, por lo que a los pocos instantes se perdían de vista con rumbo desconocido.

Aguardó unos minutos con el fin de cerciorarse de que no quedaban enemigos por los alrededores, y al fin su vista recayó en Janet Perry Fonda y el sonriente Salam-Salam que habían hecho su aparición, junto a un hombrecillo que cargaba una cámara de televisión, en la puerta del edificio de la emisora.

Tan sólo entonces se volvió hacia Ali Bahar.

—¡Bueno, cariño! —dijo—. Ya puedes irte y procura no llamar la atención al cruzar la calle. —Alzó significativamente un dedo—. Pero recuerda: nunca me has visto.

—Nunca te he visto, ya lo sé —admitió el beduino con un leve asentimiento de cabeza—. No te conozco y jamás he oído hablar de ti. ¡Descuida!

Ella le besó dulcemente en la mejilla al señalar:

—¡Adiós y suerte!

—¡Adiós!

El beduino abandonó la limusina, cruzó la calle y se encaminó fingiendo absoluta tranquilidad, hacia donde le aguardaban su lejano pariente Salam-Salam, la Reportera del Año y un escuálido cameraman.

La mujer que tanto le amaba le seguía con la mirada.

Todo parecía desarrollarse de acuerdo a un plan perfectamente estudiado y a Ali Bahar apenas le faltaban veinte metros para alcanzar la puerta del edificio, cuando súbitamente de detrás de un seto surgieron tres hombres armados de metralletas al tiempo que un gran automóvil se detenía junto a la acera.

Otros dos hombres saltaron fuera, y al grito de «¡Alá es grande!» se apoderaron del desconcertado Ali Bahar que ni siquiera tuvo tiempo de echar a correr; lo introdujeron en el vehículo, y desaparecieron como por ensalmo ante el estupor de casi un centenar de transeúntes.

Philip Morrison dormitaba acurrucado en el amplio sofá de su despacho y a decir verdad presentaba un aspecto horrible, con barba de tres días, sucio, demacrado y con la ropa arrugada.

Continuó sin mover un músculo hasta que de improviso la puerta se abrió con brusquedad para que hiciera su entrada una Helen Straford más alterada que de costumbre, y que encendió una luz al tiempo que ponía en marcha el enorme televisor que descansaba sobre una mesa.

—El Canal 7 acaba de anunciar que va a dar un comunicado especial referente a nuestro hombre.

Efectivamente, en la gran pantalla acababa de hacer su aparición Janet Perry Fonda, que con gesto de profundo pesar, comentó:

—Como suponemos que todos ustedes saben, un hombre llamado Ali Bahar, cuyo único delito conocido era el de ser primo hermano del famoso terrorista Osama Bin Laden, fue secuestrado el jueves pasado ante las puertas de nuestros estudios.

Hizo una corta pausa mientras en la pantalla hacían su aparición las imágenes del secuestro en plena calle tomadas por el pequeño cameraman que se encontraba a su lado ese día, y al poco continuó:

—Como en más de una ocasión hemos culpado de ello a nuestro gobierno, queremos pedir disculpas, puesto que acabamos de recibir la filmación que les vamos a mostrar, y que a nuestro modo de ver, es, por desgracia, suficientemente aclaratoria.

A continuación hizo su aparición un primer plano de Osama Bin Laden que se dirigía directamente a la cámara en un inglés exquisito y realmente impecable:

—Los servicios secretos americanos han intentado, una vez más, engañar a sus ciudadanos y al mundo por medio de la más burda de las trampas —dijo—. Pretendían que un ignorante cabrero analfabeto se hiciera pasar por mí a la hora de cometer toda clase de crímenes con el fin de desprestigiarme a los ojos de la comunidad internacional. —Hizo una breve pausa para añadir de inmediato—: Pero una vez más han perdido la batalla, y aquí pueden ver al cómplice de tan siniestra trama.

Se volvió para señalar a un alicaído Ali Bahar, pálido y demacrado, que aparecía subido en un taburete con una cuerda al cuello que pendía de la rama de un reseco árbol en mitad del desierto.

—Quien debería encontrarse realmente en esta situación no es otro que el señor Philip Morrison, con el que confieso haber colaborado cuando los americanos fingían que nos ayudaban a expulsar a los comunistas de las santas tierras del islam. Él es sin duda el promotor de esta estúpida conjura impropia de un país que se considera a sí mismo inteligente, culto y avanzado. —Su mirada ganó en intensidad como si quisiera taladrar el objetivo de la cámara al añadir—: Pero les prometo que algún día ocupará ese lugar.

Se volvió ahora hacia Ali Bahar en su dialecto, cuya traducción aparecía subtitulada al pie de la pantalla para inquirir:

—¿Cómo te llamas?
—Ali Bahar.
—¿Por qué tomaste parte en semejante engaño?
—Porque jamás tuve conocimiento de que lo que se tramaba era utilizar nuestro parecido con el fin de perjudicarte.
—¿Tienes algo que alegar antes de recibir tu castigo?
—Únicamente que fui drogado, raptado y maltratado, y que más tarde intentaron asesinarme sin que jamás tuviera la menor idea de por qué me ocurría todo esto —replicó el aludido de idéntica manera—. No soy más que un humilde pastor de cabras que tiene una familia

que cuidar, y por lo tanto lo único que me resta es solicitar clemencia.

—Hay un tiempo para ser clementes —fue la áspera y cruel respuesta—. Y un tiempo para ser justos.

—¡Por favor, señor!

—¡Lo siento! —replicó el otro secamente—. Por desgracia para ti, éstos son tiempos de ser justos.

Hizo un casi imperceptible ademán con la mano, un guardia armado se aproximó al rudimentario patíbulo y sin mediar palabra le propinó una brusca patada al taburete.

Ali Bahar cayó al vacío, se escuchó el chasquido de su cuello al romperse, y tras agitar las piernas unos instantes quedó definitivamente inmóvil, balanceándose y con los ojos casi fuera de las órbitas.

—Éste es el fin que espera a todo aquel que intente usurpar mi lugar —añadió en tono severo su inflexible juez—. Y ése es el fin que espera a todos aquellos que intenten convertirse en amos del mundo.

Durante unos instantes guardó silencio, como si hubiera concluido su alegato, pero al poco alzó de nuevo unos ojos que aparecían brillantes y enfebrecidos para musitar como si le costara un enorme esfuerzo lo que iba a decir a continuación

—Ha llegado un momento en que me veo obligado a reconocer que aquel once de septiembre cometí un grave error, y no lo digo porque no continúe convencido de que vuestra desorbitada prepotencia merece un castigo, sino porque no calculé que de ese modo le proporcionaba a vuestro presidente la disculpa que estaba buscando para lanzarse a extender su nefasto imperio por el resto del planeta. La historia debió haberme enseñado que ésa es la forma de actuar de vuestros dirigentes. La emplearon con la explosión del acorazado *Maine* en La Habana con el fin de apoderarse de lo que quedaba del maltrecho imperio español. La repitieron con el hundimiento del *Lusitania*, lo que a los ojos de la opinión pública les dio pie para involucrarse en la Primera Guerra Mundial, y de igual modo permitieron que los japoneses bombardearan Pearl Harbor para poder entrar con la cabeza muy alta, en la Segunda Guerra Mundial, pese a que sus servicios secretos conocían con antelación que el ataque iba a ocurrir.

El hombre de la larga barba y los ojos que echaban fuego se interrumpió de nuevo, alzó los ojos como si pidiera ayuda al cielo y al poco añadió:

—Ahora me consta que la administración americana tenía pruebas de que estábamos preparando un gran atentado pero no hizo nada al respecto, y admito que hubo un momento en que me cruzó por la mente la idea de que me estuvieran utilizando, pero la rechacé incapaz de aceptar tanta maldad, porque si cruel es que un enemigo intente destruir a sus enemigos, maquiavélico y diabólico resulta que alguien deje morir a su propia gente como si ello fuera los guantes de goma que les permitirán meter las manos en sangre sin mancharse. Pero yo le advierto algo al presidente Bush y a sus secuaces: ningún guante de goma preserva la conciencia, ni es lo suficientemente grueso como para que los ojos de Alá no lo traspasen.

Su imagen fue difuminándose hasta desaparecer muy lentamente, y a los pocos instantes en la pantalla hizo de nuevo su aparición el demacrado rostro de Janet Perry Fonda, que tras una estudiada pausa en la que una vez más parecía dar tiempo a que los espectadores asimilaran lo que acababan de presenciar, musitó:

—Un hombre inocente, que no había hecho mal a nadie, ha muerto por culpa de las absurdas maquinaciones de ese tal Philip Morrison y su ilegal y siniestra agencia especial Centinelas de la Patria, que no respeta a nada ni a nadie actuando a espaldas de nuestras más sagradas instituciones. Desde aquí, y conscientes de que expresamos el clamor de un pueblo que desea justicia, exigimos al gobierno su inmediata destitución y le suplicamos una vez más que recapacite sobre sus desmesuradas ansias expansionistas. Estados Unidos no puede continuar aspirando a ser una democracia interna y una dictadura externa.

Se interrumpió con el fin de secarse una furtiva lágrima y con voz evidentemente quebrada por la emoción masculló:

—Les aseguro que éste ha sido uno de los días más amargos, dolorosos y vergonzosos de mi vida profesional, aunque tal como están las cosas en nuestro país, probablemente también sea el último. Para el Canal 7 de Los Ángeles, en California, Janet Perry Fonda.

Concluyó la emisión y tanto Philip Colillas Morrison como su horrorizada secretaria permanecieron inmóviles, como idiotizados y sin saber qué decir ni qué hacer hasta que se escuchó el insistente y casi amenazador repicar de un teléfono.

La desencajada Helen Straford lo tomó, escuchó durante no más de quince segundos y al fin colgó para balbucear apenas:

—Era el presidente.
—¿Qué ha dicho?
—Que es usted un imbécil.

Stand Hard tomó asiento en la última fila y aguardó, tan impaciente como la mayoría de cuantos le rodeaban, que no cesaron de murmurar en voz baja hasta que en el estrado hizo su aparición un hombre que, pese a sus ochenta años ya cumplidos, ofrecía un envidiable aspecto de gran fortaleza física, y sobre todo de la firme coherencia intelectual y moral que había presidido todos sus actos a lo largo de toda una vida.

Norman Mailer seguía siendo en muchos aspectos el mismo personaje, en cierto modo mítico, con el que compartió largas veladas cuando, casi cuatro décadas atrás, la productora para la que entonces trabajaba el entonces aún inexperto ayudante de dirección Stand Hard, decidió embarcarse en la a todas luces difícil tarea de transcribir a imágenes la ya por entonces famosa *Los desnudos y los muertos*, sin lugar a dudas la más brillante y compleja novela de quien en aquellos momentos observaba con ojo crítico a los presentes, que ahora guardaban un respetuoso silencio.

Tras una leve inclinación de cabeza y un esbozo de sonrisa, el conferenciante se decidió a beber un corto sorbo de agua y comenzar a hablar con voz clara, potente y bien timbrada.

—Probablemente —dijo—, cuando comenzó la actual campaña de nuestro gobierno con el fin de lanzarse a una guerra abierta contra Irak, los lazos de unión entre Saddam Hussein y Osama Bin Laden carecían de importancia, puesto que desconfiaban el uno del otro. Para el primero, Bin Laden no era más que un descontrolado fanático religioso al que nunca podría dominar, y para el segundo, el ex presidente de Irak una especie de bestia atea que se embarcaba en peligrosas aventuras bélicas que siempre concluían en descalabros.

La mayoría de los asistentes, lo más granado de la intelectualidad de la culta y liberal San Francisco, y por lo tanto lo más opuesto que pudiera darse en el país a los retrógrados petroleros y ganaderos del Klan de Texas, se agitaron nerviosamente en sus asientos como si por aquellas primeras palabras pudieran presentir que una vez más el hombre de la alborotada cabellera blanca no iba a decepcionarles, arremetiendo de nuevo contra la zafiedad y la archidemostrada ineptitud de quienes les gobernaban.

Todos ellos sabían muy bien que la campaña de Afganistán había constituido un éxito desde el punto de vista de la fuerza bruta, dado que los bombardeos indiscriminados habían conseguido acabar con el nefasto régimen de los enloquecidos integristas talibanes; pero un fracaso desde el punto de vista de la inteligencia, puesto que el principal objetivo de tan cruenta guerra, el aborrecido Osama Bin Laden, se había burlado una vez más de los sofisticados sistemas de espionaje americanos por el sencillo y casi ridículo procedimiento de entregar su teléfono móvil a uno de sus guardaespaldas y mandarle en una determinada dirección mientras él se alejaba tranquilamente en la opuesta montado en una motocicleta.

Los inefables servicios secretos americanos habían demostrado por enésima vez su reconocida ineptitud dedicándose a seguir ciegamente al guardaespaldas confiando únicamente en su tecnología sin tener en cuenta ni por un solo momento en el factor de la astucia humana.

Norman Mailer parecía haberlo comprendido así puesto que en esos mismos momentos comentaba:

—Cuando los estadistas de la Casa Blanca, que se muestran muy serios incluso cuando parecen tontos, comprendieron que su principal enemigo era una sombra que se les escurría entre los dedos decidieron cambiar de objetivo, y éste no fue otro que el ex presidente iraquí, visto que además controlaba un once por ciento de las reservas petroleras del mundo. Pero no parecen haber caído en la cuenta de que con ello le están facilitando el juego al terrorista.

Stand Hard advirtió cómo la elegante señora que se sentaba a su derecha extraía del bolso un pequeño cuaderno y se afanaba en tomar notas mientras el escritor señalaba que una encuesta sobre qué países representaban un peligro para la paz mundial había arrojado un sorprendente resultado: el siete por ciento opinaba que Corea del Norte, el ocho por ciento que Irak, y el ochenta y cuatro por ciento que Estados Unidos, que, según el también afamado escritor John Le Carré, «había entrado en el peor período de locura histórica que recordaba».

¡Locura histórica!

¿Estaba realmente loco un presidente que admitía

que en el pasado había tenido graves problemas con el alcohol, y que no había tenido empacho alguno a la hora de preguntarle al presidente del Brasil si tenían negros en su país?

¿O era simplemente estúpido quien en una rueda de prensa aseguraba: «La ilegitimidad es algo de lo que tenemos que hablar en términos de no tenerla», y en otra ocasión había señalado con profunda convicción: «El gas natural es hemisférico. Me gusta llamarlo hemisférico en la naturaleza porque es un producto que podemos encontrar en el vecindario»?

El conferenciante del blanco cabello ni siquiera se molestaba en tratar de demostrar la de sobras conocida y comentada ínfima talla cultural e intelectual de quien había conseguido que sus poderosos amigos le auparan a la presidencia del país más poderoso del planeta de una forma que calificaba de «legítima/ilegítima». Por lo visto, para él tales lacras carecían de auténtica importancia frente al hecho de que se había convertido en el raíl por el que circulaba a toda máquina el desbocado tren de las ambiciones de una inescrupulosa camarilla de desalmados.

—Si la legitimidad de George W. Bush estaba en duda desde el principio, su actuación como presidente empezó muy pronto a suscitar desprecio —señalaba con su voz potente y firme Norman Mailer—. Pero entonces llegó el once de septiembre. En la historia humana existe una cosa que es la suerte divina, también conocida como suerte del diablo, y fue como si nuestros televisores comenzaran a cobrar vida. Llevábamos años disfrutando de espectáculos de vértigo y ahora, de pronto, el horror resultaba auténtico puesto que dioses y demonios invadían Estados Unidos...

El pelirrojo director escuchaba cómo aquel hombre de asombrosa lucidez y al que había admirado por sus libros incluso antes de conocerle personalmente, continuaba haciendo una perfecta disección de los oscuros motivos por los que un semianalfabeto que en su infancia había afrontado serios problemas de dislexia y reconocía que en su juventud había coqueteado con las drogas, se había empeñado en levantar un imperio en el que la bandera de las barras y estrellas envolviera como un inmenso pañuelo la gran bola del mundo.

Le vino a la mente el recuerdo de Charlie Chaplin jugueteando con un globo terráqueo en *El gran dictador*, aunque resultaba evidente que aquel zafio vaquero ni tan siquiera poseía la alada gracia del genial humorista, y en cuanto tuviera el mundo en sus manos clavaría en él sus dedos para arrojarlo con violencia por la pista de bolos intentando derribar nuevos supuestos enemigos.

Stand Hard compartía con el conferenciante el amargo sentimiento de que la parte más dolorosa de toda aquella historia estribaba en el hecho de que un par de desvergonzados mentirosos cuyo coeficiente intelectual ni siquiera alcanzaba el promedio, y que en buena lógica deberían dedicarse al oficio de trileros en cualquier mercado pueblerino en lugar de presidir sus respectivas naciones, hubieran sido, no obstante, los protagonistas de una feroz aventura bélica de incalculables proporciones que había llevado la muerte y la desesperación a millones de hogares a todo lo largo y lo ancho de la faz de la tierra.

En la antigüedad los sabios conducían a los tontos por los senderos de la paz.

Ahora, los tontos arreaban a bastonazos a los sabios hacia el abismo de la guerra.

—En mil novecientos noventa y dos —aseguraba en esos momentos el conferenciante—, al poco de la caída de la Unión Soviética, la derecha estadounidense consideró que aquélla era una magnífica oportunidad para hacerse con el control del mundo. El Departamento de Defensa, cuyo titular era por aquel entonces el actual vicepresidente Dick Chenney, redactó un documento titulado «Proyecto para un nuevo siglo americano» en el que veía a nuestra nación como un coloso que impusiera su voluntad mediante el poder militar y económico. Pero cuando la propuesta se filtró a la prensa el presidente Bush padre se vio obligado a rechazarla por el aluvión de críticas que trajo aparejada. Más tarde, la llegada al poder del presidente Bill Clinton frustró los sueños de grandeza de la derecha que por eso le odió a muerte, pero ocho años más tarde George W. Bush parece querer regresar a los sueños imperiales...

Stand Hard era un hombre prudente, por lo que cuando llegó a la conclusión de que lo más importante estaba dicho, se escabulló sin que nadie advirtiera que abandonaba la sala, con el fin de dirigirse a un pequeño cuarto de baño en el que se encerró hasta que el silencio le hizo comprender que ya la mayor parte del público había abandonado los salones y los pasillos del confortable pero supervigilado Club de la Commonwealth.

Era ya noche cerrada cuando salió a la calle tras comprobar que no quedaban agentes camuflados por los alrededores y se hospedó en un pequeño hotel en el que sabía que no le pedirían la documentación puesto que no quería dejar la más mínima huella de su paso por la ciudad el mismo día en que el incordiante Norman Mailer había pronunciado tan corrosiva conferencia contra un gobierno que se negaba a aceptar cualquier tipo de críticas.

Cuando al día siguiente se reunió con Dino Ferrara en un pequeño restaurante de las afueras de Fresno y le habló de su intempestiva escapada a San Francisco no pudo por menos que comentar con manifiesta amargura:

—Tristes tiempos son estos en los que los hombres honrados nos vemos obligados a escondernos en los baños mientras que los criminales se vanaglorian de sus actos aunque éstos sean bombardear a niños. Francamente malos, y nunca llegué a imaginar que en nuestro antaño democrático país pudieran llegar a ocurrir tales cosas.

—¿Y qué podemos hacer para evitarlo? —quiso saber el gángster—. Bush ha conseguido crear un clima de histeria colectiva en el que cada cual ve en su vecino a un terrorista. Me recuerda las historias que mi abuelo me contaba de la Italia fascista, cuando todo el que no vestía camisa negra y andaba con el brazo en alto era un supuesto traidor a la patria. No te niego que por aquel entonces lo consideraba «las batallitas del abuelo», pero empiezo a creer que pueden convertirse en realidad incluso aquí.

—Confío en que pronto o tarde, y espero que sea pronto, el pueblo americano recupere la cordura y acaben por darle una patada en el culo a esa pandilla de desgraciados «integristas de barras y estrellas».

—Lo dudo. La propaganda oficial convencerá a la gente de que verdaderamente Dios ha elegido a Estados Unidos para dominar el mundo, y nada hay que le guste más a un ser humano mediocre, y en éste, como en todos los países suelen ser mayoría, que considerarse parte de una raza superior.

—Oscuro futuro nos espera según tú.

—Más oscuro les espera a quienes a partir de ahora no puedan exhibir un pasaporte americano aferrado entre los dientes. Si en un tiempo se habló de la supremacía de la raza aria, dentro de poco se hablará de la supremacía de nuestro absurdo pastiche de razas, y te aseguro que ese día...

Se interrumpió porque en el pequeño local había hecho su entrada Liz Turner llevando de la mano a un Ali Bahar elegantemente vestido pese a que luciera el brazo derecho en cabestrillo.

Se saludaron, y al tiempo que besaba afectuosamente a la actriz, Stand Hard inquirió al tiempo que señalaba el brazo del beduino:

—¿Qué le ocurre? ¿Acaso le hicimos daño al colgarle? Me sorprendería porque ese especialista es el mejor del estudio.

—¡Oh, no en absoluto! —replicó ella evidentemente divertida—. La ejecución fue perfecta y de lo más convincente. Lo que ocurre es que no hay modo de que aprenda a comer como una persona normal y con el brazo en cabestrillo nadie se extrañará de que sea yo quien le corta la carne y se la meta en la boca.

—No cabe duda de que eres jodidamente astuta —reconoció él—. Y no me sorprende que hayas conseguido convertirte en una de las mujeres mejor pagadas de la industria. —A continuación estrechó la mano «sana» de Ali Bahar para inquirir muy seriamente—: ¿Qué cuenta mi actor preferido?

—Que estamos muy contentos —fue la respuesta—. A mí ya me han matado, nadie me busca, y Liz me ha confirmado que vamos a tener un hijo

—Ésa es una gran noticia —admitió el pelirrojo—.

Y lo cierto es que últimamente no abundan las buenas noticias.

—Espero que pronto haya más —señaló la actriz convencida de lo que decía—. La grabación te salió perfecta, nadie se ha dado cuenta de que Ali hacía los dos papeles, y ahora que todo el mundo está convencido de que ha muerto ha llegado el momento de empezar a actuar «en serio».

—¿Continúas decidida a hacerlo?

—¡Naturalmente!

—¿Y Ali?

—Más aún que yo.

—Le has advertido de que puede ser muy, pero que muy peligroso.

Ella asintió con un gesto al tiempo que aferraba con fuerza la mano de su amado que le sonrió a su vez.

—Se lo he advertido. Se lo he explicado muy despacio y muy bien, y aunque ha tardado en entender que hayamos podido llegar a semejante extremo de intransigencia, locura y estupidez, está dispuesto a correr el riesgo.

—Tratándose de él lo entiendo, pero ¿y tú? ¿Acaso no te das cuenta de que ahora tienes que pensar en el peligro que pueda correr tu hijo si esa partida de canallas te pone la mano encima?

—¿Qué puede existir más peligroso que permitir que los fascistas gobiernen nuestras vidas? —quiso saber la aludida en tono decidido—. Nací en un país libre, siempre he vivido en un país libre, y no estoy dispuesta a consentir que mi hijo nazca y viva en un país que no sea libre. Soy tan americana como pueda serlo el mismísimo George W. Bush, o probablemente mucho más, puesto que yo no pretendo que mis compatriotas mueran a mi mayor gloria, y por lo tanto lucharé con todos los medios a mi alcance por volver a los viejos tiempos en que nos sentíamos orgullosos de nosotros mismos.

—¡Bien! —admitió el director de cine bajando un tanto la voz hasta que el camarero que les servía se hubiera alejado de nuevo—. Son ya muchos los decididos, porque en esta ocasión las gentes del cine no parecen dispuestas a dejarse llevar mansamente al matadero como en tiempos del maccarthismo. Unos están dando la cara pese a que les consta que acabarán partiéndosela, pero otros debemos luchar en la sombra, tal como han venido haciendo esos sucios intrigantes durante todos estos años.

—¿Y en verdad estás convencido de que continuar utilizando a Ali es nuestra mejor baza? —intervino Dino Ferrara.

—De momento sí, porque ten en cuenta que la única forma que tenemos de vencerles es volviendo contra ellos sus propias armas, pero empleándolas mucho mejor de lo que hasta ahora lo han hecho, aunque tan sólo sea porque sabemos que California atesora infinitamente más talento e imaginación que Texas. En Dallas fueron capaces de abatir a un presidente democrático a tiros, pero en Hollywood seremos capaces de derribar a un presidente antidemocrático utilizando únicamente las ideas...

—Muchas ideas harán falta para enfrentarse a tantos tanques, tantos misiles y tantos portaaviones.

—No te lo niego, pero ten siempre algo muy presente: los tanques arden, los misiles explotan y los portaaviones se hunden, pero las ideas, sobre todo cuando son brillantes y justas, no arden, ni explotan, ni se hunden, sino que acaban por imponerse y prevalecer a lo largo de los siglos, por lo que seguirán vigentes cuando de los que utilizaban esos tanques y esos misiles ya no quede ni el más leve recuerdo.

No pudo continuar porque en ese justo momento, Mohamed al-Mansur, Malik el-Fasi, y tres hombres de rasgos árabes acababan de irrumpir armados hasta los dientes en el local, ordenando a los presentes que se arrojaran al suelo.

Mientras unos se dedicaban a aterrorizar con sus metralletas a quienes osaban alzar la cabeza disparando contra las lámparas y los espejos, Mohamed al-Mansur y Malik el-Fasi empujaban violentamente a Ali Bahar hacia la calle, al tiempo que gritaban a voz en cuello: «¡Alá es grande! ¡Viva Osama Bin Laden! ¡Alá es grande!».

Todo ocurrió en un abrir y cerrar de ojos.

Antes de que nadie pudiera reaccionar, introdujeron al aturdido beduino en un coche que aguardaba en la puerta y que arrancó de inmediato.

Tanto Liz Turner como Stand Hard y Dino Ferrara se quedaron de piedra, al igual que el pequeño grupo de temblorosos camareros y comensales.

—¡Dios bendito! —no pudo por menos que exclamar al fin la actriz volviéndose al pelirrojo—. Éstos no parecían ser extras de cine. ¿Acaso eran terroristas de verdad?

—Me temo que sí, querida mía —fue la amarga y desmoralizadora respuesta de Stand Hard—. Me temo que éstos eran de lo más auténticos.

Osama Bin Laden, el «auténtico» y perseguido terrorista Osama Bin Laden, estudió con gesto adusto al magullado y alicaído Ali Bahar que se sentaba frente a él al otro lado de una gran alfombra en el rincón más profundo de una inmensa cueva repleta de armas y municiones.

Cuando al fin habló, lo hizo en el dialecto del beduino aunque con un pésimo acento y una cierta dificultad.

—¿De modo que eres hijo de Shasha, la hermana menor de mi padre? —musitó apenas—. Nunca imaginé que fuera un *khertzan* y de mi propia familia quien me hiciera tanto daño.

—¿Y qué daño te he hecho yo? —protestó el otro—. ¡Eres tú quien me ha destrozado la vida! Si no fueras hijo del hermano mayor de mi madre, no nos pareceríamos tanto, y nadie habría ido a buscarme a mi casa para causarme tantos problemas como me han causado.

—Pero ¿por qué aceptaste formar parte de esa sucia trama? —quiso saber el otro—. No creo que te obligaran.

—Yo no acepté; me engañaron. Nadie te mencionó jamás, ni siquiera conocía tu existencia, y me aseguraron que lo único que les interesaba era averiguar «las razones genéticas» de mi defecto.

—¡Ah, vaya! —exclamó el otro—. ¡Tu famoso defecto!

—¿Qué tiene de famoso? —se amoscó Ali Bahar.

—¡Mucho! Hace años que oigo hablar de ese enorme defecto tuyo, pero para mi desgracia parece ser que es una herencia que te viene por parte de padre, no por nuestra rama familiar, lo cual es una verdadera pena. Te aseguro que no me importaría compartirlo.

—Pues te advierto que me ha proporcionado incontables disgustos.

—Aunque imagino que también incontables satisfacciones. Y si no a ti, por lo menos a las mujeres con las que has tratado. Me han comentado que Liz Turner espera un hijo tuyo. ¿Es cierto?

—Lo es.

—Siempre me gustó esa mujer. He visto la mayor parte de sus películas y no te niego que en cierto modo me enorgullece el hecho de que vaya a tener un hijo que al fin y al cabo será mi sobrino. ¿Cómo es?

—Dulce, apasionada y encantadora.

—¡Lo suponía! —señaló el terrorista, y a continuación, en un tono mucho más relajado, añadió—: En cierta ocasión, hace ya muchos años, conocí a una mujer así. —Lanzó lo que parecía ser un suspiro—. Estuve a punto de dejarlo todo y dedicarle mi vida, pero pronto comprendí que el deber me llamaba.

—¿El deber? —pareció sorprenderse Ali Bahar—. ¿A qué clase de deber te refieres? ¿Al deber de asesinar a mujeres y niños poniendo bombas o enviando contra ellos a un puñado de locos que no dudan en inmolarse porque tú así se lo pides?

—No soy yo quien se lo pide. Es Alá.

—¿Alá? —repitió el otro en un tono que mostraba

a las claras su absoluta incredulidad—. ¿Te refieres al mismo Alá que mi madre, la hermana de tu padre, me enseñó que era el mejor ejemplo de amor, comprensión y misericordia? ¿Es ese mismo?

—Es el mismo Alá que nos ordena que extendamos su fe hasta el último rincón del universo, y que castiguemos, incluso con la muerte si es necesario, a quienes se nieguen a aceptarlo como el verdadero Dios.

—Un Dios que necesita de la violencia de los hombres para demostrar su fuerza no puede ser nunca el verdadero Dios —puntualizó el beduino convencido de lo que decía—. Si tiene que apoyar su grandeza en simples criaturas humanas, es que está cojo y por lo tanto carece de grandeza.

—¡Blasfemas! —le advirtió su severo interlocutor—. Y sabes bien que el castigo a la blasfemia es la muerte.

—Yo ya estoy muerto, primo —fue la tranquila respuesta—. Supe que lo estaba desde el momento mismo en que tus hombres me capturaron, porque de lo contrario no existía razón alguna para que me trajeran hasta aquí atravesando medio mundo.

—Sentía curiosidad. —El timbre de su voz sonaba conciliador—. Quería saber qué pensabas de todo cuanto te ha ocurrido.

—¿Y qué quieres que piense? —replicó el otro en tono de profundo hastío—. Pienso que el mundo, fuera de mi desierto, es un mundo de locos.

—¿Y eso?

—Porque los cristianos que he conocido en este tiempo no piensan más que engordar como cerdos, engañándose, estafándose y matándose los unos a los otros de un modo insensato, y sin acordarse para nada de Dios ni de sus semejantes. La violencia, la avaricia y el ansia de dominar el mundo parecen ser sus únicos credos.

—En eso estoy de acuerdo.

—Y los judíos sólo piensan en odiar a los musulmanes actuando contra los palestinos de la misma forma que los nazis actuaron contra ellos.

—También es cierto.

—Pero los musulmanes tampoco somos mucho mejores puesto que al parecer la mayoría no piensa más que en odiar a los judíos, a los cristianos, y a todo aquel que no profese nuestras creencias, tratando de imponerlas a toda costa, cegados por el fanatismo religioso.

—Nuestra obligación es extender la auténtica fe.

—Pues te confieso que todas esas actitudes me resultan de igual modo deleznables, porque en el desierto aprendí que lo verdaderamente importante es respetar a los seres humanos, a la naturaleza y a todas las criaturas que un Dios misericordioso y justo quiso poner sobre la faz de la tierra.

—Veo que no tienes miedo a decir lo que piensas —señaló el terrorista, y no podría saber si lo decía satisfecho o molesto—. ¡Ni siquiera ante mí!

—¿Y quién eres tú para que te tema más que a un Dios que cuando me mates me acogerá en su seno porque yo sí que supe respetar sus designios? Las leyes del desierto, que son anteriores a la aparición de Mahoma sobre la faz de la tierra, ordenan que seamos hospitalarios con cuantos se presenten pidiendo nuestra protección ante la puerta de nuestro hogar, sea cual sea su raza o religión. Siempre respeté esas leyes porque sin ellas la vida sería imposible en el desierto y me niego a admitir que nadie, ni siquiera Mahoma, tuviera intención de derogarlas. Me consta que él no lo hizo, puesto que al fin y al cabo también era un hombre nacido y criado en el desierto, y desde luego no creo que tú, que por lo que sé de ti, viniste al mundo en un palacio, te sientas autorizado a hacerlo.

—¡Me irritas!

—¿Y crees que me importa? Tu problema es que nadie se ha atrevido a decirte nunca la verdad y has tenido que esperar a que sea un condenado a muerte de tu propia tribu el que se decida a hacerlo. Pretendes pasar a la historia como mártir del islam sin detenerte a pensar que los que están sufriendo las consecuencias son los auténticos hijos del islam, a los que estás causando tú solo mucho más daño del que les ha hecho el cristianismo o el judaísmo a lo largo de los siglos.

—¿Cómo te atreves a hablarme así, sucio cabrero? —Se enfureció su interlocutor—. Puedo ordenar que te arranquen los ojos y la lengua.

—Me atrevo porque puedo ser, en efecto, un sucio cabrero, pero aunque me arrancaras los ojos y la lengua, seguiría siendo un hombre justo que ama y respeta tanto a su Dios que sabe que no me necesita para demostrar su grandeza. ¡Alá es más grande que tú! —añadió en tono claramente provocativo—. Castígame por decirlo y estarás demostrando cuán pequeño y miserable eres en realidad.

Osama Bin Laden, el terrible, el temido, guardó silencio, por un instante se diría que estaba a punto de empuñar la metralleta que descansaba sobre sus rodillas para coser a balazos a su oponente, pero al fin dejó escapar un sonoro bufido y exclamó fuera de sí:

—¡Eres un maldito beduino astuto como un zorro. Un auténtico *khertzan* digno de la sangre que corre por tus venas. Mi padre, que conocía muy bien a los de su tribu, por lo que se apresuró a alejarse de ellos en cuanto tuvo ocasión, me advirtió que me librara de las cuñas de mi propia madera porque sabía que eran las únicas que podrían quebrar mi entereza. Y tú, más que una cuña eres una especie de forúnculo en el trasero. Me consta que durante meses has traído de cabeza al mismísimo gobierno de Estados Unidos, y ahora entiendo por qué. ¡Acabas con la paciencia de cualquiera!

—Supongo que se debe a que soy tan ignorante que ni siquiera he aprendido a mentir, y eso molesta.

—Yo más bien supongo que se debe a que eres una especie de ladilla que obliga a rascarse hasta que se acaba por sangrar. —Osama Bin Laden bufó una vez más perdida por completo su habitual compostura—. Pero dejemos eso —añadió—, ahora el problema estriba en decidir qué voy a hacer contigo. Por un lado no puedo dejar que te utilicen contra mí, pero por el otro me molesta ordenar que ejecuten al hijo de una hermana de mi padre por la que me consta que sentía un gran cariño.

—Ya nadie podrá utilizarme contra ti —le hizo notar su primo—. En primer lugar, porque ahora que te conozco, no lo consentiría, y en segundo, porque a los ojos del mundo estoy muerto y la conjura de esa maldita agencia salió a la luz pública. No creo que nadie fuera tan estúpido como para volver a intentar algo parecido.

—En eso puede que tengas razón —admitió su oponente—. A los ojos del mundo estás muerto, ya que fui yo mismo quien ordenó tu ejecución.

—Matarme de nuevo, esta vez de verdad, no te serviría de nada.

—¡Es posible! Pero no puedo correr el riesgo de que regreses a Estados Unidos, donde acabarían por descubrir el engaño. —Osama Bin Laden meditó unos instantes y por último señaló—: ¡Te propongo un trato! Te perdonaré la vida con la condición de que me jures que no volverás nunca a Norteamérica.

—Nunca, «nunca», es mucho pedir —se lamentó su primo—. Recuerda que allí se encuentra la mujer a la que amo, la madre de mi futuro hijo, y que no puedo condenarla a pasar el resto de su vida entre cabras. No es su ambiente.

—Nunca, «nunca», quiere decir mientras yo viva —puntualizó el terrorista—. Y es de suponer que no sea mucho, porque lo cierto es que me tienen acorralado y cualquier día descubrirán mi escondite.

—No creo que eso deba preocuparte —le hizo notar su primo con desconcertante calma—. Durante estos últimos meses me ha sobrado tiempo para meditar sobre ello, y con ayuda de mis amigos he llegado a la conclusión de que lo que en verdad le importa al gobierno americano es que sigas aterrorizando a su gente. Me raptaron para tenerme como repuesto por si tú desaparecías, pero ahora que creen que ese repuesto ya no existe harán todo lo posible por mantener con vida al original.

—¿Aunque sepan que puedo causarles mucho daño?

—¿Y a quién les puedes a causar daño? ¿A ciudadanos normales? ¿Y qué les importa eso a los que mandan?

—En ese caso mataré al presidente.

—¡Oh, vamos, primo, no seas iluso! Mi mujer me contó que los únicos que a lo largo de la historia han sido capaces de asesinar a un presidente americano han sido los ultraderechistas americanos. Y aunque consiguieras matar a éste no resolverías nada: los que manejan los hilos en la sombra disponen de una legión de George W. Bush de repuesto.

Osama Bin Laden observó largamente al *khertzan*, sangre de su propia sangre, cuña de su propio palo, y tras meditar unos instantes inquirió:

—¿Realmente has pasado la mayor parte de tu vida en el desierto?

—Excepto los meses que he vivido, demasiado aprisa por cierto, en el país de las maravillas, en el que o aprendes rápido o te trituran.

—Evidentemente tú has aprendido rápido —fue la respuesta—. Y ahora decídete: o me das tu palabra de que regresarás al desierto y no te moverás de allí hasta que yo desaparezca, o te mando ahorcar.

—¿Y qué remedio me queda? —fue la sincera respuesta—. Ahorcarme si que es nunca, «nunca». Acepto el trato.

—De acuerdo entonces, aunque antes de irte quiero que me aclares cómo pudiste imitarme tan bien en ese maldito vídeo si apenas hablas inglés.

—Es que esa gente del cine hace maravillas —replicó el otro con naturalidad—. Yo me limitaba a decir lo que se me antojaba, y luego un doblador que te imita perfectamente, introducía la voz. ¡La verdad es que fue muy divertido!

—Lo imagino. A mí eso de hacer películas siempre me llamó la atención. Hace años empecé a escribir un guión que hubiera sido un bombazo; se trataba de la historia de una chica que se había quedado huérfana y su padrastro la acosaba. —Rechazó el tema con un gesto—. ¡Olvídalo! Sería muy largo de contar, y la verdad es que ya se me pasó el tiempo de hacer películas. ¡Márchate! Vuelve al desierto y no pongas los pies en Norteamérica hasta que yo haya muerto. ¡Que Alá te acompañe!

—¡Que Él quede contigo!

Ali Bahar se despidió con una leve inclinación de la cabeza para alejarse entre las toneladas de bombas, las metralletas y las cajas de municiones de todo tipo, pero antes de alcanzar la salida un malencarado guardaespaldas tuerto le hizo un gesto para que le aguardara allí, y se encaminó adonde se encontraba su jefe para inclinarse con el fin de susurrarle al oído:

—¿Lo ahorcamos o lo fusilamos?

—¡No seas bestia! —fue la agria respuesta—. ¡Es mi primo! Ni lo ahorcamos ni lo fusilamos. Que lo devuelvan al desierto al que pertenece.

—¿Estás seguro? —quiso saber el desconcertado guardián—. ¿No correrás peligro dejándole vivo?

—Lo que hasta ahora no ha ocurrido pese a que todos los ejércitos del mundo me persiguen, no va a ocurrir porque un miserable pastor viva o muera —replicó Osama Bin Laden seguro de lo que decía—. ¡Que Alá te guíe!

—¡Tú mandas! ¡Que Alá te proteja!

Regresó junto a Ali Bahar que aguardaba pacientemente apoyado en unas cajas de municiones, y le hizo un gesto para que le siguiera al exterior donde esperaba uno de sus compañeros sentado ante el volante de un jeep oculto bajo una red de camuflaje.

Hombres armados se distinguían aquí y allá, vigilando entre las rocas de las agrestes montañas de los alrededores.

El jeep se aproximó, Ali Bahar subió en la parte trasera y el tuerto lo hizo a su vez en la parte delantera indicando con un gesto al conductor que iniciara la marcha.

Se alejaron por entre intrincados caminos hasta desembocar en un ancho pedregal por el que el vehículo avanzaba sin prisas.

Al poco Ali Bahar extrajo del bolsillo dos anillas, cada una de las cuales colgaba de un corto alambre, se las colocó ante las orejas y se observó en el espejo retrovisor.

El hosco y evidentemente poco amistoso guardaespaldas se volvió a mirarle con gesto interrogante.

—¿Qué es eso? —quiso saber.

—Los zarcillos que me pidió mi hermana —fue la tranquila respuesta—. En América le compré unos preciosos, pero desaparecieron en un retrete. —El beduino se encogió de hombros con gesto fatalista al concluir—: Admito que no son gran cosa, pero me temo que por el momento tendrá que conformarse con éstos.

El alarmado tuerto bajó la vista hacia una de las bombas de mano que le colgaban del correaje a la altura del pecho, y cuya anilla era idéntica a las que Ali Bahar tenía en las manos para inquirir con un hilo de voz:

—¿Y de dónde los has sacado?

—De la cueva —replicó con absoluta naturalidad el aludido señalando hacia atrás—. Había muchos y supongo que a mi primo no le importará que me haya llevado un par de ellos.

El único ojo del guardaespaldas se abrió como un gigantesco plato al tiempo que exclamaba:

—¡Hijo de la gran pu...!

No tuvo tiempo de concluir la frase puesto que resonó una horrorosa explosión, el suelo tembló bajo sus pies, el vehículo se precipitó por un pequeño terraplén cayendo de lado, y tras ellos se alzó una gigantesca columna de polvo que ocultó el sol.

Al poco los tres hombres, cubiertos de tierra, se observaron perplejos.

—Pero ¿qué ha ocurrido? —inquirió el que conducía.

—Lo de siempre —le replicó sin inmutarse Ali Bahar—. Cada vez que abandono un sitio, revienta. Pero esta vez ha sido más fuerte que de costumbre.

—¡Pobre Osama! —se lamentó el tuerto—. Sus últimas palabras fueron: «Lo que no han conseguido todos los ejércitos del mundo, no va a ocurrir porque un miserable pastor viva o muera». —Chasqueó la lengua al tiempo que negaba con un gesto fatalista—. No cabe duda de que estaba equivocado. Espero que Alá lo acoja en su seno.

Ali Bahar se puso lentamente en pie, aguardó a que la nube de polvo se alejara, se sacudió la tierra que le cubría e inquirió inocentemente:

—¿O sea que mi primo está muerto?

—Sin duda alguna. Toda la montaña se le ha venido encima.

—En ese caso yo ya he cumplido mi parte del trato. ¿Serías tan amable de indicarme por dónde se va a Norteamérica?

El conductor se limitó a alzar desganadamente la mano señalando el sol que comenzaba a rozar la línea del horizonte.

—¡Supongo que por allí! Siempre hacia el oeste.

Ali Bahar hizo un leve gesto de despedida e inició el camino seguido por la mirada de los dos hombres que se habían quedado como idiotizados.

Al poco no era más que un punto en la distancia que avanzaba a grandes zancadas con aire decidido.

Ali Bahar empleó cuatro largos días en atravesar las montañas y los desiertos circundantes, y lo hizo sin prisas, con extrema prudencia, evitando los senderos transitados y evitando de igual modo aproximarse a lugares habitados, consciente de que cualquiera que fuese el país en que se encontrase su presencia podría acarrearle graves problemas dado que, por mucho que intentara evitarlo, continuaba pareciéndose en exceso al ahora ya difunto primo y temido terrorista.

Cuanto alcanzaba a distinguir era una extraña mezcolanza entre el atraso de su propio país y la modernidad de algunas zonas de Estados Unidos, y lo que más le sorprendió fue el hecho de que la mayoría de los letreros aparecían escritos tanto en caracteres islámicos como cristianos.

Seguía sin entender ninguno de los dos.

Dijeran lo que dijesen, para el beduino continuaría siendo siempre un misterio, al igual que lo era el idioma en que hablaban las gentes a las que de tanto en tanto conseguía escuchar oculto entre los matorrales.

No era inglés.

Su amada Liz le había explicado que existían una incontable cantidad de lenguas muy diferentes entre sí, y en ocasiones se había preguntado la razón por la que la gente solía expresarse de formas tan distintas, si al parecer lo que deseaban contar era casi siempre lo mismo.

Amor, odio, venganza, guerra o paz continuarían significando lo mismo como quiera que se pronunciasen, y le dolía en el alma no ser capaz de expresar más que con besos y caricias la intensidad del afecto y la pasión que experimentaba por quien pronto se convertiría en la madre de su hijo.

Cada paso que daba lo hacía convencido de que le aproximaba de nuevo a ella, el hambre que le asaltaba no era comparable a la necesidad de abrazarla que sentía, e incluso la sed de los peores momentos se olvidaba cuando sus cuarteados labios murmuraban su nombre.

En la distancia las dunas dibujaban la forma de su cuerpo desnudo y hacia ellas marchaba decidido a dar la vuelta completa a un mundo que ahora ya sabía redondo, consciente de que en algún punto de tan gigantesca esfera su mujer y su hijo le estaban aguardando.

Un millón de cosas le habían sucedido en aquellos últimos meses, en los que había asistido a prodigios sin cuento imposibles de creer si no hubiera sido testigo personal de todos ellos, pero lo más curioso e inconcebible de tan sorprendentes aventuras era el hecho indiscutible de que en esencia, lo único que de verdad le había dejado una huella imborrable seguía siendo algo tan sencillo, tan complejo, tan nuevo y tan antiguo como el amor entre un hombre y una mujer que al unirse se transforman en un planeta que vaga por el espacio ajeno al resto de los infinitos planetas del espacio.

Una isla desierta o un rincón perdido en un profundo valle le hubiera bastado para ser feliz el resto de su vida en caso de poder compartirlo con quien era capaz de llenar de gozo cada minuto del día y de la noche, por lo que no le importó que los pies le sangraran o el frío le atenazara marchar por la nieve de las agrestes montañas que hora tras hora se empeñaban en interponerse en su camino.

Sabía que Liz Turner existía y le aguardaba, y por lo tanto, el resto del mundo carecía de importancia.

En la noche del quinto día avistó las luces de una ciudad.

Se aproximó, se ocultó en el interior de un viejo autobús abandonado y aguardó consciente de que la prudencia y la paciencia serían sus únicas aliadas en el difícil trance de regresar desde donde quiera que se encontrase a una lujosa mansión de Beverly Hills.

Al poco de amanecer llegó a la conclusión de que probablemente se encontraba de nuevo en aquello que Liz le había explicado que se trataba de «las antípodas» puesto que la mayoría de las mujeres se cubrían como solían hacerlo las de su propia tribu aunque evidentemente ninguna de ellas fuera una auténtica *khertzan*.

Nada de minifaldas, tacones altos o blusas muy ceñidas.

Nada de maquillaje o cabellos al aire.

Nada de largas miradas provocativas.

¡De nuevo las antípodas!

Echó de menos el teléfono que Liz guardaba celosamente en un armario y que le hubiera permitido ponerse en contacto con su padre, quien sin duda alguna hubiera sabido aclararle en qué parte de esas dichosas «antípodas» se encontraba, aunque a decir verdad, y por mucho que le doliera reconocerlo, en los últimos tiempos había llegado a la amarga conclusión de que tal vez el anciano Kabul no supiera tanto del mundo exterior como siempre había imaginado que sabía.

O no había viajado tanto como aseguraba, o las cosas habían cambiado mucho desde que emprendió tales viajes.

Fuera como fuese, los conocimientos o desconocimientos de su anciano padre carecían ahora de importancia, y de lo que tenía que preocuparse era de ponerse en contacto con su amada.

Pero ¿cómo?

Acomodado en lo que fuera el desvencijado asiento del conductor y con los brazos apoyados en lo poco que quedaba de un enorme volante, observó las idas y venidas de la gente, advirtió que algunos hombres vestían largas chilabas y se cubrían la cabeza y parte del rostro con oscuros turbantes y muy pronto llegó a la conclusión de que aquéllas eran las prendas que estaba necesitando.

Por suerte aún tenía gran parte del dinero que perteneciera a Marlon Kowalsky, por lo que al oscurecer penetró en una hurtadilla en un pequeño almacén de ropa usada en el que el anciano propietario no tuvo el menor inconveniente, sino más bien todo lo contrario, a la hora de aceptarle un billete de cincuenta dólares a cambio de una vieja chilaba y un mugriento turbante.

Incluso le devolvió unas cuantas monedas que le sirvieron para saciar su hambre en un puesto ambulante.

Regresó a pasar la noche en el autobús, y al día siguiente, convencido de que con sus nuevos ropajes nadie podría reconocerle, se dedicó a recorrer la ciudad en busca de lo que necesitaba.

Al caer la tarde la encontró en la persona de un conductor que hablaba por un teléfono móvil en el interior de un moderno taxi aparcado a las puertas del que parecía ser el hotel más lujoso de la ciudad.

—¿Hablas inglés? —le preguntó.

—¡Naturalmente! —fue la casi ofendida respuesta.

—¿Quieres ganarte quinientos dólares?

—Si no hay que matar a nadie...

—Lo único que tienes que hacer es permitirme hablar por ese teléfono con un número de Los Ángeles, en Estados Unidos.

El taxista se limitó a extender la mano:

—El dinero y el número —dijo.

—Tuvieron que esperar unos quince minutos puesto que había sobrecarga en la red, pero al cabo de ese tiempo Liz Turner hipaba y lloraba de alegría mientras exclamaba una y otra vez casi incapaz de aceptar la realidad:

—¡Estás vivo, mi amor! ¡No puedo creerlo; estás vivo! ¡Bendito sea Dios! ¿Qué te ha ocurrido?

—Es largo de explicar.

—¿Dónde te encuentras?

Ali Bahar se volvió al taxista para inquirir:

—¿Cómo se llama esta ciudad?

—Peshawar.

—Me encuentro en Peshawar.

—¿Y eso dónde está?

—¿Y qué país es éste?

El cada vez más perplejo taxista se limitó a replicar:

—Pakistán.

—Estoy en Pakistán.

—Voy a buscarte.

—No. Tú no. Que venga Dino. Que cuando llegue salga a pasear por los alrededores del hotel... —Se volvió una vez más al taxista para inquirir—: ¿Cómo se llama este hotel?

—Pearl Continental —fue la resignada respuesta—. Es el único de cinco estrellas de la ciudad.

—¿Has oído, cariño? —insistió—. Que dé un paseo por los alrededores del Pearl Continental. Yo le encontraré. Te quiero.

Colgó y le devolvió el teléfono al taxista que comentó levemente amoscado:

—Ha olvidado decirle que Pakistán está en Asia.

Ali Bahar dudó unos instantes, a punto estuvo de recuperar el teléfono para llamar de nuevo, pero al fin señaló:

—Supongo que ya lo sabe.

Se alejó para desaparecer como una sombra entre las sombras que comenzaban a apoderarse de los jardines del Pearl Continental, en Peshawar, Pakistán, Asia, y pasó la noche y los dos días que siguieron casi sin abandonar su refugio del autobús convencido de que muy pronto se encontraría de nuevo en casa.

En la mañana del cuarto día el siempre animoso Dino Ferrara hizo su aparición en la puerta del hotel, se dejó ver a conciencia y se dedicó luego a pasear por los alrededores, haciendo fotos y contemplando las coloridas alfombras de los bazares hasta que advirtió que uno de los tantos mendigos que pululaban por los alrededores, le suplicaba:

—¡Una limosna para este pobre ahorcado!

Se abrazaron con indudable afecto.

—A este «ahorcado» ya lo daba por muerto.

El ex gángster sabía bien su antiguo oficio, traía ya un pasaporte falso a nombre de Simón Draco, un pobre turista al que un accidente de automóvil le había roto un brazo y la mandíbula, sobornó a un medicucho para que escayolara de la forma más aparatosa posible al sufrido Ali Bahar, y ayudó a subir trabajosamente a un avión rumbo a Tokio como primera escala hacia Los Ángeles a un infeliz que aparentemente no podía escribir, hablar, ni casi comer más que líquidos y siempre utilizando una pajita.

No obstante, poco antes de que el avión despegara, el ex gángster le entregó a Ali Bahar el famoso teléfono de la agencia especial Centinelas de la Patria rogándole que se pusiera en contacto con su padre con el fin de indicarle que dentro de una semana el bueno de Salam-Salam acudiría a buscarles con el fin de conducirles a Estados Unidos.

—Mi padre no se fiará de Salam-Salam —le hizo notar el beduino—. Sabe muy bien que ya me traicionó una vez.

—Pues tienes que convencerle de que ahora está de nuestra parte, como en efecto, lo está —fue la segura respuesta—. Lleva toda la documentación necesaria, por lo que la próxima semana los tres embarcarán en Suez en un carguero que les llevará hasta San Francisco. Te prometo que antes de un mes los tendrás en casa. —Hizo una significativa pausa para añadir con marcada intención—: Además, nos conviene que esa dichosa agencia especial Centinelas de la Patria tenga tiempo de localizar la llamada, pero no de escuchar tu voz.

—¿Y eso para qué servirá si se supone que ya estoy muerto? —quiso saber su desconcertado amigo.

—Servirá de mucho, porque imaginamos que Philip Morrison se hará una lógica composición de lugar: Osama Bin Laden te mandó ahorcar y por lo tanto se apoderó de un teléfono que ahora está utilizando desde la zona geográfica en la que siempre ha imaginado que se encontraba escondido: la frontera entre Afganistán y Pakistán. Y mandará a su gente a buscarle aquí.

—Pero Osama Bin Laden está muerto.

—Cómo has dicho? —se sorprendió el ex gángster.

—He dicho que Bin Laden ha muerto.

—¿Estás seguro? —fue lo primero que quiso saber Stand Hard cuando al día siguiente de su llegada a Los Ángeles, el beduino le relató con todo lujo de detalles aunque en su peculiar y pintoresco inglés cuanto le había sucedido desde el momento mismo en que los hombres del terrorista le raptaron.

—Completamente. Le cayó encima una montaña.

—Durante la guerra de Afganistán los aviones americanos le tiraron encima mil bombas y cien montañas y escapó de todas. Ese hijo de perra tiene más vidas que un gato.

—Si escapo de ésta me convertiré en su fiel seguidor, puesto que eso significaría que el mismísimo Alá le protege y mucho.

—¡Bien! —admitió Liz Turner que permanecía pegada a su amante como si temiera que pudiesen volver a arrebatárselo—. Admitamos que Osama Bin Laden ha muerto. ¿Vamos a contárselo al mundo?

—¿Y qué pruebas tenemos? —quiso saber el pelirrojo director de cine—. Nuestra palabra de nada vale y no creo que pretendas que admitamos que Ali sigue con vida y que su ejecución no fue más que un montaje.

—¡No! Eso no, desde luego.

—¿Entonces?

—Y si no lo contamos, ¿qué podemos hacer?

—En primer lugar evitar que el secreto salga de esta habitación —puntualizó Stand Hard—. Y en segundo aprovecharnos del hecho de que somos los únicos que sabemos la verdad.

—¿Cómo?

—Permitiendo que a partir de este momento nuestro falso Osama Bin Laden haga y diga todo lo que nos apetezca que haga y diga sin que ni él ni nadie venga a desmentirle.

Tanto Liz Turner como Dino Ferrara y el propio Ali Bahar le observaron un tanto perplejos, y al fin fue el segundo el que inquirió como si le costase aceptar que había entendido bien:

—¿Estás pretendiendo insinuar que vamos a suplantar de nuevo al auténtico Osama Bin Laden?

—¿Acaso no era ésa nuestra intención original? —fue la respuesta—. Recuerda cómo los telespectadores se desconcertaron al escuchar cómo el falso Osama Bin Laden reconocía públicamente que había cometido un grave error al atentar contra las Torres Gemelas, puesto que con ello creía haberle proporcionado al presidente Bush la mejor disculpa para lanzarse a la conquista del mundo. ¡Bien! Ése fue un primer paso, y ahora podemos ahondar en la herida sin miedo a que el auténtico Bin Laden nos contradiga.

—Te olvidas de algo importante —le hizo notar Liz Turner—. La gente de Bin Laden nos conoce.

—No lo olvido, pero quiero suponer que preferirán a un Bin Laden vivo, aunque se muestre en cierto modo conciliador, que a la definitiva derrota de admitir que su jefe ha muerto.

—Jugamos con fuego.

—Lo sé. Pero todo el país está jugando con fuego desde el día en que permitió que un impostor ocupara el sillón presidencial y nos condujera a un abismo del que tan sólo podemos salir física o moralmente malparados. Cuando quienes nos gobiernan hacen dejación de sus funciones o actúan al margen de una legalidad que ha sido desde siempre nuestro mayor patrimonio, cada norteamericano juega con fuego a la hora de aceptar tan indigna actitud o enfrentarse a ella. El problema se limita a decidir con qué fuego prefiere jugar en unos momentos en los que incluso el Papa acaba de declarar públicamente que quienes buscaron la guerra, son en realidad, el Eje del Mal, y quienes siguen a sus líderes están siguiendo a Satanás.

Liz Turner meditó unos instantes sobre cuanto su amigo y ex amante Stand Hard acababa de decir, intercambió una mirada con su también amigo y ex amante Dino Ferrara y acarició con infinito amor la mejilla de su actual amante y padre de su futuro hijo, Ali Bahar.

—Está claro que a todas las personas decentes de este mundo se nos plantea en estos momentos un grave dilema: o cerramos los ojos a la realidad, tal como hicieron la mayor parte de los alemanes cuando Hitler inició su sanguinario ascenso que acabó en una auténtica apocalipsis con millones de muertos de uno y otro bando, o nos enfrentamos sin más armas que nuestra buena fe a una maquinaria fascista dotada de tan infinito poder que alcanza hasta el último rincón del planeta.

—Tal vez deberíamos admitir que nuestras posibilidades de conseguir algún resultado son nulas y limitarnos a esperar los acontecimientos —masculló un malhumorado Stand Hard con muy escaso entusiasmo—. Pero no estoy dispuesto a darme por vencido.

—Lo único cierto es que no contamos más que con el parecido de Ali con un terrorista muerto —aventuró Dino Ferrara—. Y no parece que eso baste para enfrentarse a los poderosos ejércitos de Bush. El otro día aseguraste que las ideas de California vencerían a las balas de Texas, pero por el momento no ha surgido ninguna idea capaz de enfrentarse a un tanque.

—Yo tengo una —señaló con cierta timidez Ali Bahar.

Los dos hombres y la mujer le observaron como si en verdad se tratara de un ser de otro planeta, intercambiaron luego una incrédula mirada, y al fin decidieron permanecer a la expectativa.

El beduino tardó en hablar, no tanto por el hecho de que no tuviera claras las ideas, sino porque buscaba, en su limitado vocabulario, aquellas palabras que expresaran de la forma más directa posible cuanto pasaba por su mente.

—En las proximidades de mi casa —dijo al fin— se encuentran con frecuencia esqueletos petrificados de gigantescos animales que vivieron allí hace millones de años.

—¿Dinosaurios? —quiso saber Liz Turner.

—Puede que se llamen así —fue la respuesta—. Mi padre, que es muy sabio, los llama thankarias, y cuando yo era niño me explicaba que pese a ser los más grandes y más fuertes que existieron sobre la faz de la tierra acabaron por extinguirse porque su descomunal tamaño les volvió vulnerables.

—¿Vulnerables a qué?

—A las avispas.

—¿A las avispas? —repitió un perplejo Dino Ferrara.

—¡Exactamente!

—¿Y qué tienen que ver las avispas con todo esto?

—Mucho —fue la firme respuesta del nómada—. Según mi anciano padre los thankarias desarrollaron una capacidad tan prodigiosa de atacar a los grandes animales, que descuidaron su capacidad de defenderse de los pequeños. Eran fuertes, pero lentos y torpes, y cuando se internaron en las espesas selvas que cubrían por aquel tiempo el desierto en que ahora vivo, sus pesadas patas y sus largas colas tropezaban y destruían los enormes nidos de avispas que vivían allí desde hacía siglos.

—¿Y qué quieres decir con eso?

—Que ése fue su fin.

—¿Pretendes hacernos creer que unas simples avispas acabaron con los gigantescos dinosaurios?

—Unas simples avispas, no —replicó el nómada con absoluta calma—. Fueron millones de avispas enfurecidas.

—¡Ya! —admitió de mala gana Liz Turner—. Pero ¿de dónde vamos a sacar nosotros millones de avispas enfurecidas?

—La televisión muestra cada día imágenes de millones de personas de todos los países, razas, lenguas, edades, sexo y condición social, que se muestran furiosas porque un pequeño grupo de dinosaurios intentan destruir la paz que tanto les ha costado conseguir. Ésas son las avispas.

—¿Y qué veneno utilizarán? —quiso saber Stand Hard.

Ali Bahar, el ignorante beduino analfabeto que hasta pocos meses antes jamás había visto una ciudad, ni un avión, ni un tanque, ni incluso el mar, alargó la mano para alzar el teléfono móvil que descansaba sobre la mesa.

—Éste —fue todo lo que dijo.

Aquel luminoso lunes de primavera los ordenadores personales —u oficiales— de todo el mundo, de punta a punta del planeta, de norte a sur, de las tierras más frías a las más cálidas, de las grandes ciudades a los diminutos villorrios, se fueron viendo invadidos por una grabación que muy pronto pasó a todas las cadenas de radio y televisión, y en la que se distinguía con total nitidez al perseguido terrorista Osama Bin Laden, tranquilamente sentado a los pies de la famosa Estatua de la Libertad, frente a la ciudad de Nueva York.

Durante unos instantes permaneció en silencio, permitiendo que se distinguiera al otro lado de la bahía el espacio que tiempo atrás ocuparan las destruidas Torres Gemelas, pero al fin se volvió directamente a la cámara para señalar en un inglés impecable:

—Lamento profundamente el daño que le hice a esta ciudad y quiero pedir públicamente perdón a cuantos causé tanto dolor y sufrimiento. Me arrepiento, pero lo hecho, hecho está y nadie puede volver sobre los pasos de la historia. —Lanzó un hondo suspiro antes de añadir—: Sin embargo, ahora tan sólo busco la paz, y he elegido hablar desde este emblemático lugar por dos razones: la primera, porque esta estatua constituye el símbolo de un pueblo que siempre ha amado la libertad para sí mismo, pero últimamente no respeta la libertad de otros pueblos que también tienen derecho a ella. La segunda, porque de este modo demuestro al gobierno de Estados Unidos, que en la actualidad amenaza al mundo con unos ejércitos que se consideran todopoderosos, que sería incapaz de proteger a sus conciudadanos si yo pretendiera hacerles más daño. ¿De qué les vale tanto poder, si no pueden nada contra mí? Si me lo propusiera dispondría de bombas, de gases e incluso de armas bacteriológicas, pero no pienso volver a utilizar tales sistemas...

Aguardó unos instantes, introdujo la mano en el bolsillo y mostró un pequeño teléfono portátil para añadir:

—La única arma que quiero usar de ahora en adelante es ésta; el arma del diálogo y la persuasión, porque he descubierto que Estados Unidos es un gigante que tiene los pies de barro ya que durante años se ha esforzado por controlar las comunicaciones del planeta, sin darse cuenta de que esa tupida tela de araña que ha ido tejiendo día tras día podía acabar volviéndose en su contra. Por todo camino que va en un sentido se puede regresar en sentido opuesto provocando el caos, y por lo tanto les pido a todos aquéllos, sean cuales sean sus ideas o creencias religiosas pero en cuyos corazones anide un sentimiento de paz y libertad, que se limiten a marcar un número cualquiera de Nueva York o Washington, lo dejen sonar dos veces, y cuelguen antes de que les contesten. De ese modo no les costará nada colapsar el corazón económico y político de una nación cuyos dirigentes se han propuesto adueñarse del mundo sin detenerse a pensar que el mundo podría adueñarse de ellos.

El beduino Ali Bahar alzó el brazo mostrando con total claridad el aparato que tenía en la mano, para añadir en tono de absoluta firmeza:

—Podemos ser miles de millones, de Australia a Canadá, de Francia a Brasil, de China a Sudáfrica, quienes a todas las horas del día y de la noche, sin derramar una gota de sangre, sin la menor violencia y sin más armas que el continuo sonar de un timbre que acabará por convertirse en un clamor de protesta, los que le recordemos al presidente Bush y sus seguidores que el mundo quiere vivir en paz y ser el único dueño de su destino.

Esa misma tarde millones de manos se alargaron y millones de timbres comenzaron a repicar en Nueva York y Washington para proclamar, sin necesidad de sangre ni violencia, que en los tiempos en que les había tocado vivir los seres humanos estaban al fin en disposición de ser los únicos dueños de su destino.

ALBERTO VÁZQUEZ-FIGUEROA

Madrid-Lanzarote, marzo de 2003

Impreso en Talleres Gráficos
LIBERDÚPLEX, S. L.
Constitución, 19
08014 Barcelona